AF276173

Miguel de Unamuno

CUENTOS

AUSTRALCUENTOS

Miguel de Unamuno

CUENTOS

La lectura abre horizontes, iguala oportunidades y construye una sociedad mejor. La propiedad intelectual es clave en la creación de contenidos culturales porque sostiene el ecosistema de quienes escriben y de nuestras librerías.

Al comprar este libro estarás contribuyendo a mantener dicho ecosistema vivo y en crecimiento.

En **Grupo Planeta** agradecemos que nos ayudes a apoyar así la autonomía creativa de autoras y autores para que puedan seguir desempeñando su labor.

Dirígete a CEDRO (Centro Español de Derechos Reprográficos) si necesitas fotocopiar, escanear, distribuir o poner a disposición algún fragmento de esta obra (www.cedro.org; 91 702 19 70 / 93 272 04 45).

Queda expresamente prohibida la utilización o reproducción de este libro o de cualquiera de sus partes con el propósito de entrenar o alimentar sistemas o tecnologías de inteligencia artificial.

© Editorial Planeta, S. A., 2026
Avda. Diagonal, 662-664, 08034 Barcelona (España)
www.planetadelibros.com

Diseño de la colección: Austral / Área Editorial Grupo Planeta
Ilustración de la cubierta: © Núria Just
Primera edición en Austral: mayo de 2026

Depósito legal: B. 25.036-2026
ISBN: 978-84-08-32073-9
Composición: Realización Planeta
Impreso en España

Índice

Ver con los ojos

Cuento

Era un domingo de verano; domingo tras una semana laboriosa, verano como corona de un invierno duro.

El campo estaba sobre fondo verde vestido de florecillas rojas, y el día convidando a tenderse en mangas de camisa a la sombra de alguna encina y besar al cielo cerrando los ojos. Los muchachos reían y cuchicheaban bajo los árboles, y sobre estos reían y cuchicheaban también los pájaros. La gente iba a misa mayor, y al encontrarse los unos saludaban a los otros como se saludan las gentes honradas. Iban a dar a Dios gracias porque les dio en la pasada semana brazos y alegría para el trabajo, y a pedirle favor para la venidera. No había más novedad en el pueblo que la sentida muerte del buen Mateo, a los noventa y dos años largos de edad, y de quien decían sus convecinos: «¡Angelito! Dios se le ha llevado al cielo.

¡Era un infeliz el pobre...!». ¿Quién no sabe que ser un infeliz es de mucha cuenta para gozar felicidad?

Si todos estaban alegres, si por ser domingo bailoteaba en el pecho de las muchachas el corazón con más gana y alborozo, si cantaban los pájaros y estaba azul el cielo y verde el campo, ¿por qué solo el pobre Juan estaba triste? Porque Juan había sido alegre, bullicioso e infatigable juguetón; porque a Juan nadie le conocía desgracia y sí abundantes dones del buen Dios, ¿no tenía acaso padres de que enorgullecerse, hermanos de que regocijarse, no escasa fortuna y deseos cumplidos?

Desde que había vuelto de la capital en que cursó sus estudios mayores, Juan vivía taciturno, huía todo comercio con los hombres y hasta con los animales, buscaba la soledad y evitaba el trato.

Por el pueblo rodaban de boca en boca sus extraños dichos, o mejor dicharachos, amargos y sombríos, pensamientos teñidos no con el verde de los campos de su aldea, sino con el triste color de las callejuelas de la capital. Lo menos veinte veces diarias en otros tantos días habíanle oído decir: «La vida, ¿merece la pena de que se la viva?». Solo hablaba del dolor y de la pena, eran sus relatos tristes y sus conversaciones amargas. Aumentaba la extrañeza de los cándidos aldeanos cada día, porque era bien extraño un joven que hacía alarde de sentimientos hostiles a las creencias de sus convecinos, y a renglón seguido de negar todo más allá del más allá, les enjaretaba una larga homilía a cuenta de la vanidad de las cosas humanas.

Su padre empezó preocupándose y acabó por dejar perder su buen humor, y la madre empezó perdiéndolo y acabó escaldándose los ojos a puro llorar. Porque Juan a sus solícitas preguntas solo contestaba: «¡Es manía! Si no tengo nada..., si estoy triste será porque así nací..., unos ven en claro, otros en negro». Consultaron al médico, respetable viejecito, que sabía mucho más de lo que creía saber, y contestó: «¡Bah! Eso no es nada, déjenle y ya vendrá a su tiempo el remedio. Este muchacho se ha empeñado en no levantar la vista del suelo..., casualmente aquí..., aquí, donde hay un cielo tan azul. Y sobre todo..., ¿dónde habrá unos ojos como los que por acá menudean?... ¡Bah, bah, bah! Déjenle que tope con sus ojos... ¡Vaya!, ¡vaya, ojos necesita, ojos!... ¡No quiere ver con los suyos!».

No era pequeña la ojeriza que mi buen Juan había tomado al médico, implacable socarrón, hombre vulgar y despiadado que jamás topó con el aburrido estudiante sin pincharle con alguna irónica observación. Era realmente cargante y molesto aquel vulgarote de médico de aldea, que se reía de la honda tristeza de un alma infeliz y no comprendida. «¡Tristezas teóricas, Juanito!, tristezas teóricas..., ¡ojos!..., ¡oooojos!, te faltan ojos para mirar al cielo!» Y Juanito pasaba bufando y añadiendo al terrible torcedor de un espíritu que se carcomía a sí mismo los sarcasmos de un mundo imbécil que aguza el dolor y embota la sombra de la escasa dicha. Aquel médico era el mundo, no cabe duda, la encarnación del mundo.

Juan se encerraba a solas larguísimas horas y leía

y releía y volvía a releer. ¿Qué leía? Sus padres nunca lo supieron; vieron sí unos librotes en enrevesado gringo, con títulos enmarañados, muchas *sch* y *pf* y otras letras igualmente armoniosas y algún que otro tomo de versos. En uno de ellos se representaba en una viñeta un hombre llorando al pie de un sauce llorón, y otras cosas de tan pésimo gusto.

A la caída de la tarde, cuando el sol se acostaba en la montaña y los viejos salían con sus nietos a jugar ante las puertas, Juan salía también a pasear sus tristezas por el pueblo alegre, como un mendigo pasea sus harapos por las calles. «¡Adiós, Juanito!», le decían estos. «¡Adiós, don Juan!», decíanle aquellos; unos y otros con la sonrisa en la boca y la compasión en el alma. «¡Adiós!», contestaba secamente el desdichado.

Había a la salida del pueblo y al borde del camino una casita con emparrado delantero y bajo el emparrado un banco de nogal. Allí Magdalena servía un refrigerio a los paseantes y a los viajeros.

Como a Magdalena se le había muerto el padre, quedó su madre viuda, y lo que es peor que quedar viuda, siéndolo ya, enfermó y quedó paralítica, dejando a su hija sin amparo. Era joven esta cuando murió su padre, lo era menos cuando enfermó su madre, y se encontró con el cielo azul por techo, y por suelo y cama el campo verde. Los amigos de su padre le tendieron sus callosas manos y le pusieron aquella cantina, con cuyos escasos recursos atendía a su madre y se atendía.

¡Cuidado si era alegre la muchacha! Cuentan que nació la chica bajo aquel mismo emparrado; cuentan que era en un día de cielo azul y campo verde, y cuentan, además, que el viento tibio agitaba los racimos al compás que la niña sus manecitas. Añaden que su primer llanto fue un llanto que parecía risa; cuentan que en aquella alma puso Dios todos los colores bellos, todos los perfumes suaves.

Juan venía a sentarse en aquel banco, y allí refrescaba su garganta, ya que no la sequedad de su alma. Era para el triste un verdadero misterio aquella muchacha alegre en una vida trabajosa, siempre sonriendo a la suerte que le ponía cara seria.

—Buenas tardes, don Juan. ¿Quiere usted algo?

—Trae lo que ayer.

—Ya van acortando los días y alargando las noches.

—Es natural.

—¡Si usted viera cuánto siento que se vaya el verano!

—Pues tiene que irse. A mí me aburre tanto sol; calienta los cascos y no deja hacer nada.

—¡Si usted viera cómo juegan los mosquitos con ese rayo de luz que suele pasar por la ventana! ¡Hasta el polvo se ve!

—Mejor es el día nublado.

—A mí me gustan las nubes cuando se rompen y se ve un cachito de cielo, tan azul..., tan azul...

—¡Ilusión óptica...!

—¿Ilusión... qué? ¿Qué ha dicho usted? ¿Cómo ha sido eso? Yo también quiero saber, don Juan.

—¿Y para qué? No he dicho nada, muchacha.

—Pero..., ¿qué le pasa a usted, don Juan?

—¡Mira! Llámame Juan, o Juanito, o como quieras; pero don Juan no..., el don es feo.

11

Y oyó una voz:

«Vamos, Juanito, vamos..., ¡a ver si encuentras los ojos, vamos, hombre!, mira qué hermosas están las uvas... ¡Bah, bah, bah! ¡Si el mundo es detestable!».

Era el implacable médico que pasaba.

—Ese hombre me revienta.

—¿Por qué, don Juan? Si es muy bueno... y tan alegre. A mí me gustan los viejos alegres...

—¡Pues a mí no! Alegre porque no discurre.

—¿Pues no decía usted ayer que es mejor no discurrir?

—A poder ser, sí.

Y etc., etc., etc., Juan apuraba su vaso, pagaba y se marchaba, diciéndose para sus adentros: «¡Pobre muchacha! Debe sufrir mucho, aunque lo oculta». Y la pobre Magdalena se quedaba cabizbaja y meditando: «Cuando está tan triste, ¿qué tendrá?».

Juan, al siguiente día, volvía y tornaba a volver, y se hizo ya asiduo parroquiano al banco de nogal.

Un día de tantos estuvo revolviendo papelotes, que se llevó en los bolsillos, leyéndolos y corrigiéndolos, y al recogerlos para pagar y marcharse cayósele uno.

Cuando ya se hubo alejado, Magdalena notó en el suelo y recogió el olvidado papel. Era mujer y lo leyó:

La vida es un monstruo que se devora; sufre al sentirse devorada, y goza al devorar. Los placeres se olvidan, luego persisten los dolores amargando la vida. Mañana, cuando esté más sereno el día, más claro el cielo y más tibio el aire, se extinguirá la lámpara, y perdidos en nuevas combinaciones rodarán los elementos de la conciencia. Dices: «¡Ya viene!, ¡ya viene!»; y cuando extiendes los brazos vuelves la frente mustia y exclamarás: «¡Es tarde, ya pasó!». Da vueltas el mundo y al año vuelve al punto de que partió, siempre en torno del sol, sin alcanzarle nunca, que si acaso le alcanzara nos reduciríamos a polvo. ¿Por qué será el mundo como es? ¡Libertad, libertad! ¡Ah, necios! ¿Quién nos libertará de nosotros mismos? Sombra de sombra es todo, y la luz que la proyecta, luz fría y fuego fatuo. Ver todos los días salir el sol para hundirse, y hundirse para volver a salir. Yo pagaré con minutos como horas mis pasadas horas como minutos; el tiempo no perdona. Nací, vi el mundo, no me gustó, ¿es esto tan extraño? ¡Triste del alma que camina sola! Y, ¿dónde encontrar un alma hermana? Comer para vivir y vivir para comer, horrible círculo vicioso, ¡quién pudiera vegetar! Como un parásito que se agarra a un árbol para nutrirse, así se han agarrado a las últimas telas de mi cerebro estas ideas para atormentarme. No hay cosa más hermosa que dormir, cerrar los ojos y perderse. Hay más bocas que pan, hay más deseos que dichas. Tú sufrirás, y cuando hayas acabado de sufrir volverás a sufrir de nuevo. Consuelos y no ciencia me hacen falta. Yo soy mi mayor enemigo, yo amargo mis alegrías, yo aguzo mis pesares. ¿Dónde están el cielo de mi aldea, los pájaros que anidaban en mi casa? Tú que tienes en tu mano el sueño, déjalo caer sobre mí y no me lo quites nunca, dame un sueño sin despertar...

Magdalena no siguió leyendo, inclinó su cabeza hermosa y secó en vano con el extremo del delantal sus ojos, porque tuvo que volverlos muchas veces a secar. Ella apenas comprendía lo que estaba leyendo, pero lo sentía, y sintió también un nudo en la garganta y como una bola caliente que por su interior chocara contra el pecho y se hiciera polvo derramándose en escalofríos por el cuerpo.

No hubo ya buen humor para la muchacha, y al través de sus lágrimas mal curadas vio descomponerse la luz como nunca había visto.

Por la tarde murió el sol, y Juan llegó como siempre a sentarse en el banco de nogal. Magdalena no estaba allí como otros días.

—¡Magdalena!

—¡Señorito...!

La muchacha apareció más triste, más taciturna, llevando con incierto pulso el diario refresco, que colocó sobre la mesa.

—¿Qué te pasa? Hoy tienes algo.

—Tome, señor.

Y alargó a Juan el pícaro papel, origen de la pena. Más fuerte que ella fue su dolor, más fuerte el sombrío espíritu de su parroquiano, que se infiltró en aquella alma de azul celeste; inclinó su cabeza y corrieron sus lágrimas por sus mejillas rojas, mientras el hipo la ahogaba.

Juan tomó el papel, vio lo que era, lo estrujó, miró entre sombrío y avergonzado a la joven y dejó descansar su fatigada cabeza en sus ociosas manos. Todos los vientos de tempestad se desencadenaron sobre aquel pobre espíritu perdido en las tinieblas; vaciló, cayó, se alzó, para volver a caer, a tornar a levantarse; pasaron en revuelto maridaje los pájaros que anidaban en su casa y los murciélagos de la callejuela, el sol del mediodía y la oscuridad de la noche; toda la angustia le llenó el alma; sintió el único verdadero dolor que en años no había sentido, y sus lágrimas acrecieron el contenido del vaso.

A través de ellas vio pasar por el camino como una flecha un ágil viejecillo. Juan se secó los ojos con la manga, se levantó, arrugó el ceño para ponerse sereno, pagó y se marchó, sin probar el olvidado refrigerio, diciendo:

—¡Hasta mañana!

Cuando quedó sola Magdalena, secó también sus ojos; y como tenía ardiente y seca la garganta, apuró de un trago aquel refresco bañado con las primeras lágrimas de un pesimista. En su alma renació la luz y la alegría; esperó y se serenó.

A la entrada del pueblo encontró Juan al médico, al implacable médico, que esta vez le pareció más amable, más simpático y dulce.

—¡Ole, Juanito, ole! ¿Qué tienes, hombre, qué tienes, que traes tan encendidos los ojos? ¡Ya los has encontrado...! Mira, mira al cielo; mañana estará muy claro..., mañana es domingo..., irás a misa..., y luego al banco de nogal...

Y acercándosele al oído, añadió:

—¡Tienes que secarle las lágrimas, bárbaro, bárbaro, más que bárbaro! ¿Dónde has aprendido a hacer daño al prójimo? ¡Con que es malo el mundo, y tú quieres hacerle peor...! Ya estás salvo..., esto se cura llorando... Mañana mirarás al cielo con sus ojos, pero hoy a la noche quemarás todas esas imbecilidades que has ido ensartando. ¡Anda, tontuelo, dame la mano... y a dormir!

La mano temblorosa y débil del joven oprimió la fuerte y tranquila del anciano.

—¡A dormir se ha dicho!

—Para despertar mañana.

Al día siguiente Juan llegó muy temprano al banco de nogal y volvió más tarde; al mes sus padres habían recobrado la calma y la alegría, y el pesimista era el más alegre, enredador y campechano de toda la comarca. Le saludaban con más amabilidad, se detenía en todas partes, y tenía la debilidad de creer que bajo aquel emparrado se veía mejor el cielo, y que los ojos de Magdalena habían convertido el detestable mundo en un paraíso y ahogado al monstruo de la vida que le devoraba. No eran los ojos, yo lo sé, era el alma de la muchacha, en que Dios había puesto su santa alegría, los colores más claros y los perfumes más suaves.

Lo que debía seguir vino de reata, era obligado.

Juan aprendió a esperar, y esperando unió lo venidero a lo presente, la dicha del perenne mañana de este mundo a la dulzura del dejarse vivir y el dejarse querer.

Cuando en adelante tuvo penas, y penas reales, no las ocultó, que dando el placer de que le consolaran, recibió el de ser consolado. La verdadera abnegación no es guardarse las penas, es saberlas compartir.

Solitaña

Soli, solitaña:
vete a la montaña.
Dile al pastor
que traiga buen sol,
para hoy y pa mañana
y pa toda la semana.

(Canto infantil bilbaíno)

Érase en Artecalle, en Tendería o en otra cualquiera
de las siete calles, una tiendecita para aldeanos, a
cuya puerta paraban muchas veces las zamudianas
con sus burros. El cuchitril daba a la angosta portada
y constreñía el acceso a la casa un banquillo lleno de
piezas de tela, paños rojos, azules, verdes, pardos y
de mil colores para sayas y refajos; colgaban sobre la
achatada y contrahecha puerta pantalones, blusas
azules, elásticos de punto abigarrados de azul y rojo,
fajas de vivísima púrpura pendientes de sus dos ex-

tremos, boinas y otros géneros, mecidos todos los colgajos por el viento noroeste que se filtraba por la calle como por un tubo, y formando a la entrada como un arco que ahogaba a la puertecilla. Las aldeanas paraban en medio de la calle; hablaban, se acercaban, tocaban y retocaban los géneros; hablaban otra vez, iban, volvían a regatear y al cabo se quedaban con el género. El mostrador, reluciente con el brillo triste que da el roce, estaba atestado de piezas de tela: sobre él unas compuertas pendientes que se levantaban para sujetarlas al techo con unos ganchos y servían para cerrar la tienda y limitar el horizonte. Por dentro de la boca abierta de aquel caleidoscopio, olor a lienzo y humedad por todas partes, y en todos los rincones, piezas, prendas de vestido, tela de tierra para camisas de penitencia, montones de boinas, todo en desorden agradable, en el suelo, sobre bancos y en estantes, y junto a una ventana que recibía la luz opaca y triste del cantón, una mesilla con su tintero y los libros de don Roque.

Era una tienda de género para la aldeanería. Los sentidos frescos del hombre del pueblo gustan los choques vivos de colorines chillones, buscan las alegres sinfonías del rojo con el verde y el azul, y las carotas rojas de las mozas aldeanas parecen arder sobre el pañuelo de grandes y abigarrados dibujos. En aquella tienda se les ofrecía todo el género a la vista y al tacto, que es lo que quiere el hombre que come con ojos, manos y boca. Nunca se ha visto género más alegre, más chillón y más frescamente cálido, en tienda más triste, más callada y más tibiamente fría.

Junto a esta tienda, a un lado, una zapatería con todo el género en filas, a la vista del transeúnte; al otro lado, una confitería oliendo a cera.

Asomaba la cabeza por aquella cáscara cubierta de flores de trapo el caracol humano, húmedo, escondido y silencioso, que arrastra su casita, paso a paso, con marcha imperceptible, dejando en el camino un rastro viscoso que brilla un momento y luego se borra.

Don Roque de Aguirregoicoa y Aguirrebecua, por mal nombre Solitaña era de por ahí, de una de esas aldeas de *chorierricos* o cosa parecida, si es que no era de hacia la parte de Arrigorriaga. No hay memoria de cuándo vino a recalar en Bilbao, ni de cuándo había sido larva joven, si es que lo fue algún tiempo, ni se sabía a punto cierto cómo se casó, ni por qué se casó, aunque se sabía cuándo, pues desde entonces empezaba su vida. Se deduce *a priori* que le trajo de la aldea algún tío para dedicarle a la tienda. Nariz larga, gruesa y firme: el labio inferior saliente; ojos apagados a la sombra de grandes cejas; afeitado cuidadosamente; más tarde calvo; manos grandes y pies mayores. Al andar se balanceaba un poco.

Su mujer, Rufina de Bengoechebarri y Goicoechezarra, era también de por ahí, pero aclimatada en Artecalle: una ardilla, una cotorra y lista como un demonio. Domesticó a su marido, a quien quería por lo bueno. ¡Era tan infeliz Solitaña! Un bendito de Dios, un ángel, manso como un cordero, perseverante como un perro, paciente como un borrico.

El agua que fecunda a un terreno esteriliza a otro, y el viento húmedo que se filtraba por la calle oscura hizo fermentar y vigorizarse al espíritu de doña Rufina, mientras aplanó y enmoheció al de don Roque.

La casa en que estaba plantado don Roque era viejísima, y con balcones de madera; tenía la cara más cómicamente trágica que puede darse: sonreía con la alegre puerta y lloraba con sus ventanas tristes. Era tan húmeda que salía moho en las paredes.

Solitaña subía todos los días la escalera estrecha y oscura, de ennegrecidas barandillas, envuelta en efluvios de humedad picante, y la subía a oscuras sin tropezarse ni equivocar un tramo, donde otro se hubiera roto la crisma, y mientras la subía lento e impasible temblaba de amor la escalera bajo sus pies y la abrazaba entre sus sombras.

Para él eran todos los días iguales e iguales todas las horas del día; se levantaba a las seis; a las siete bajaba a la tienda; a la una comía; cenaba a eso de las nueve, y a eso de las once se acostaba, se volvía de espalda a su mujer y, recogiéndose como un caracol, se disipaba en el sueño.

En las grandes profundidades del mar viven felices las esponjas.

Todos los días rezaba el rosario, repetía las avemarías como la cigarra y el mar repiten a todas horas el mismo himno. Sentía un voluptuoso cosquilleo al llegar a los *orá por nobis* de la letanía; siempre, al *agnus*, tenían que advertirle que los *orá por nobis* habían dado fin; seguía con ellos por fuerza de inercia; si algún día por extraordinario caso no había rosario, dormía mal y con pesadillas. Los domingos lo rezaba en Santiago, y era para Solitaña goce singular el oír medio amodorrado por la oscuridad del templo que otras voces gangosas repetían con él, a coro, *orá por nobis, orá por nobis.*

Los domingos, a la mañana, abría la tienda hasta las doce, y a la tarde, si no había función de iglesia y el tiempo estaba bueno, daban una vuelta por Begoña, donde rezaban una salve y admiraban siempre las mismas cosas, siempre nuevas para aquel bendito de Dios. Volvía repitiendo ¡qué hermosos aires se respiran desde allí!

Subían las escaleras de Begoña, y un ciego, con tono lacrimoso y solemne:

—Considere, noble caballero, la triste oscuridad en que me veo... La Virgen santísima de Begoña os acompañe, noble caballero...

Solitaña sacaba dos cuartos y le pedía tres ochavos de vuelta. Más adelante:

—Cuando comparezcamos ante el Tribunal Supremo de la Gloria...

Solitaña le daba un ochavo. Luego una mujercilla viva:

—Una limosna, piadoso caballero...

Otro ochavo. Más allá, un viejo de larga barba blanca, gafas azules, acurrucado en un rincón con un perro y con la mano extendida. Otro más adelante, enseñando una pierna delgada, negra, untosa y torcida, donde posaban las moscas. Dos ochavos más. Un joven cojo pedía en vascuence, y a este Solitaña le daba un cuarto. Aquellos acentos sacudían en el alma de don Roque su fondo yacente y sentía en ella olor a campo, verde como sus paños para sayas, brisas de aldea, vaho de humo del caserío, gusto a borona. Era una evocación que le hacía oír en el fondo de sí mismo, y como salidos de un fonógrafo, cantos de mozas, chirridos de carro, mugidos de buey, cacareos de gallina, piar de pájaros, algo que reposaba formando légamo en el fondo del caracol humano, como polvo amasado con la humedad de la calle y de la casa.

Solitaña y el mostrador de la tienda se entendían y se querían. Apoyando sus brazos cruzados sobre él, contemplaba a los chiquillos que jugaban en el regatón para desagüe, chapuzando los pies en el arroyuelo sucio. De cuando en cuando, el chinel, adelantando alternativamente las piernas, cruzaba el campo visual del hombre del mostrador, que le veía sin mirarle y sacudía la cabeza para espantar alguna mosca.

Fue en cierta ocasión como padrino a la boda de una sobrina. «A refrescar un poco la cabeza —decía su mujer—, a estirar el cuerpo, siempre metido aquí como un oso. Yo ya le digo: "Roque, vete a dar un paseo; toma el sol, hombre, toma el sol", y él nada.» A los tres días volvió diciendo que se aburría fuera de su tienda; él lo que quería es encogerse y no estirarse; los estirones le causaban dolor de cabeza y hacían que circulara por todas sus venas la humedad y la sombra que reposaban en el fondo de su alma angelical: eran como los movimientos para el reumático. «*Mamarro*, más que *mamarro* —le decía doña Rufina—, pareces un topo.» Solitaña sonreía. Otro de sus goces, además del de medir telas y los *orá por nobis*, era oír a su mujer que le reñía. ¡Qué buena era Rufina!

Venía alguna mujer a comprar.

—Vamos, ya me dará usted a dieciocho.

—No puede ser, señora.

—Siempre dicen ustedes lo mismo; ¡es usted más carero!... Lo menos la mitad gana usted. Nada, ¡a dieciocho, a dieciocho!...

—No puede ser, señora.

—¡Vaya!, me lo llevo... ¡Tome usted!...

—Señora, no puede ser...

—¡Bueno!, lo será...; siquiera a dieciocho y medio; vaya, me lo llevo...

—No puede ser, señora.

—Pues bien; ni usted ni yo; a diecinueve.

—No puede ser...

Vencida al fin por el eterno martilleo del hombre húmedo, o se iba o pagaba los veinte. Así es que preferían entenderse con ella, que aunque tampoco cedía, daba razones, discutía, ponderaba el género; en fin, hablaba. Pero para los aldeanos no había como él: paciencia vence a paciencia.

La tienda de Solitaña era afortunada. Hay algo de imponente en la sencilla impasibilidad del bendito de Dios; los hombres exclusivamente buenos, atraen.

Cuando llegaba alguno de su pueblo y le hablaba de su aldea natal, se acordaba del viejo caserío, de la borona, del humo que llenaba la cocina cuando dormitando con las manos en los bolsillos calentaba sus pies junto al hogar, donde chillaban las castañas, viendo balancearse la negra caldera pendiente de la cadena negra. Al evocar recuerdos de su niñez sentía la vaga nostalgia que experimenta el que salió niño de su patria y vive feliz y aclimatado en tierra extraña.

Eran grandes días de regocijo cuando él, su mujer y algunos amigos iban a merendar al campo o a hacer alguna fresada. Se volvían al anochecer tranquilamente a casa, sintiendo circular dentro del alma todo el aire de vida y todo el calor del sol. Una vez fueron en tartana a Las Arenas; nunca había visto aquello Solitaña. ¡Oh!, los barcos, ¡cuánto barco!, y luego el mar, ¡el mar con olas! A Solitaña le gustaba el monótono resuello de la respiración del monstruo; ¡qué hermoso acompañamiento para la letanía! Al día siguiente, viendo correr el agua sucia por el canalón de la calle, se acordaba del mar; pero allí, en su tienda, se palpaba a sí mismo.

Por Navidad se reunían varios parientes; después de la cena había baileteo, y era de ver a Solitaña agitando sus piernas torpes y zapateando con sus pies descomunales. ¡Qué risas! Bebía algo más que de costumbre y luego le llamaba hermosa y salada a su mujer.

Bajo el mismo cielo, lluvioso siempre, Solitaña era siempre el mismo; tenía en la mirada el reflejo del suelo mojado por la lluvia; su espíritu había echado raíces en la tienda como una cebolla en cualquier sitio húmedo. En el cuerpo padecía de reúma, cuyos dolores le aliviaba el opio de las conversaciones de sus contertulios.

Iban a la noche de tertulia un viejo siempre tan guapo, *bizcor*, *bizcor*, según él decía, alegre y dicharachero, que contaba siempre escenas de caza y de limonada; otro que cada ocho días narraba los fusilamientos que hizo Zurbano cuando entró en Bilbao el año 41, y algunas veces un cura muy campechano. Siempre se hablaba de estos tiempos de impiedad y liberalismo; se contaban hazañas de la otra guerra y se murmuraba si saldrían o no otra vez al monte los montaraces. Solitaña, aunque carlista, era de temperamento pacífico, como si dijéramos, hojalatero.

Sin dejar de atender a la conversación, de interesarse en su curso, pensando siempre en lo último que había dicho el que había hablado el último, se dirigía a los rincones de la tienda, servía lo que le pedían, medía, recibía el dinero, lo contaba, daba la vuelta y se volvía a su puesto. En invierno había brasero y por nada del mundo dejaría Solitaña la badila, que manejaba tan bien como la vara, y con la cual revolvía el fuego mientras los demás charlaban, y luego, tendiendo los pies con deleite, dormitaba muchas veces al arrullo de la charla.

Su mujer llevaba la batuta, la emprendía contra los negros, lamentaba la situación del Papa, preso en Roma por culpa de los liberales; ¡duro con ellos! Ella era carlista porque sus padres lo habían sido, porque fue carlista la leche que mamó, porque era carlista su calle, lo era la sombra del cantón contiguo y el aire húmedo que respiraba, y el carlismo, apegado a los glóbulos de su sangre, rodaba por sus venas.

El viejo, siempre tan guapo, se reía de esas cosas; tan alegres eran blancos como negros, y en una limonada nadie se acuerda de colores; por lo demás, él bien sabía que sin religión y palo no hay cosa derecha.

Hablaban de una limonada.

—¡Qué limonada! —decía el que vio los fusilamientos de Zurbano—; ¡pedazos de hielo como puños navegaban allí!...

—Tendríais sarbitos —interrumpió el viejo, siempre tan guapo—; en la limonada hasen falta sarbitos... Sin sarbitos, limonada *fachuda*; es como tambolín sin *chistu*. Cuando están aquellos cachitos helaos que hasen mal en los dientes, entonses...

—Unas tajaditas de lengua no vienen mal...

—Sí, lengua también; pero sobre todo, sarbitos; que no falten los sarbitos...

Solitaña se sonreía, arreglando el fuego con la badila.

—A mí ya me gusta también un poco de merlusita en salsa... —volvió el otro.

—¿Con la limonada? Cállate, hombre; no digas sinsorgadas... Tú estás tocao... ¿Merlusa en salsa con limonada? A ti solo se te ocurre...

—Tú dirás lo que quieras; pero pa mí no hay como la merlusa...; la de Bermeo, se entiende; nada de merlusa de Laredo; cada cosa de su paraje; sardinas de Santurse, angulitas de la Isla y merlusa de Bermeo...

—No haga usted caso de eso —dijo el cura—; yo he comido en Bermeo unas sardinas que talmente chorreaban manteca; sin querer se les caía el pellejo... Y estando en Deva, unas angulitas de Aguinaga, que ¡vamos!...

—Bueno, hombre, pues ¿qué digo yo?, cada cosa en su sitio y a su tiempo; luego los caracoles, después el besugo... Hisimos una caracolada poco antes de entrar Zurbano el año...

—Ya te he dicho muchas veces —le interrumpió el viejo siempre tan guapo— que tú no sabes ni coger ni arreglar los caracoles, y, sobre todo, te vuelvo a desir, y no le des más vueltas, que con la limonada sarbitos, y al que te diga merlusa en salsa le dises que es un arlote barragarri... Si me vendrás a desir a mí...

—Y si a mí me gusta en la limonada merlusa en salsa...

—Entonces no sabes comer como Dios manda.

—¿Que no sé?

—Bueno, bueno —interrumpió el cura para cortar la cuestión—, ¿a que no saben ustedes una cosa curiosa?

—¿Qué cosa?

—Que los ingleses nunca comen sesos.

—Ya se conoce; por eso están tan coloraos —dijo el viejo guapo—, porque en cambio se sampan cada chuleta cruda y te pasan cada sapalora...

—Esos herejes... —empezó doña Rufina.

Y venía rodando la conversación a los liberales.

Cuando los contertulios se marchaban, cerraban la tienda doña Rufina y su marido; contaban el dinero cuidadosamente, sacando sus cuentas; luego, con una vela encendida, registraban todos los rincones de la tienda; miraban tras de las piezas, bajo el mostrador y los banquillos; echaban la llave y se iban a dormir. Solitaña no acostumbraba a soñar; su alma se hundía en el inmenso seno de la inconsciencia, arrullada por la lluvia menuda o el violento granizo que sacudía los vidrios de la ventana.

Al día siguiente se levantaba como se había levantado el anterior, con más regularidad que el sol, que adelanta y atrasa sus salidas, y bajaba a la tienda en invierno entre las sombras del crepúsculo matutino.

El Jueves Santo parecía revivir un poco el bendito caracol; se calaba levita negra, guantes también negros, chistera negra que guardaba desde el día de la boda, e iba con un bastoncillo negro a pedir para la Soledad de la negra capa. Luego en la procesión la llevaba en hombros, y aquel dulce peso era para él una delicia solo comparable a una docena de letanías con sus quinientos sesenta y dos *orá por nobis*.

¡Pobre ángel de Dios, dormido en la carne! No hay que tenerle lástima; era padre y toda la humedad de su alma parecía evaporarse a la vista del pequeño. ¿Besos?, ¡quia! Esto en él era cosa rara; apenas se le vio besar a su hijo, a quien quería, como buen padre, con delirio.

Vino el bombardeo, se refugió la gente en las lonjas y empezó la vida de familias acuarteladas. Nada cambió para Solitaña; todo siguió lo mismo. La campanada de bomba provocaba en él la reacción inconsciente de un avemaría, y la rezaba pensando en cualquier cosa. Veía pasar a los *chimberos* de la otra guerra como veía pasar al eterno *chinel*. Si el proyectil caía cerca, se retiraba adentro y se tendía en el suelo presa de una angustia indefinible. Durante todo el bombardeo no salió de su cuchitril. La Noche de San José temblaba en el colchón, tendido sobre el suelo, ensartando avemarías. «Si al cabo entraran —decía doña Rufina—, ya le haría yo pagar a ese negro de don José María lo que nos debe.»

Su hijo fue a estudiar Medicina. La madre le acompañó a Valladolid; a su cargo corría todo lo del chico. Cuando acabó la carrera pensaron por un momento dejar la tienda; pero Solitaña sin ella hubiera muerto de fiebre, como un oso blanco transportado al África ecuatorial.

Vino el terremoto de los Osunas; y cuando las obligaciones bambolearon, crujió todo y cayeron entre ruinas de oro familias enteras, se encontró Solitaña una mañana lluviosa y fría con que aquel papel era papel mojado, y lo remojó en lágrimas. Bajó mustio a la tienda y siguió su vida.

Su hijo se colocó en una aldea, y aquel día dio don Roque un suspiro de satisfacción. Murió su mujer, y el pobre hombre, al subir las escaleras que temblaban bajo sus pies, y sentir la lluvia, que azotaba las ventanas, lloraba en silencio con la cabeza hundida en la almohada.

Enfermó. Poco antes de morir le llevaron el Viático, y cuando el sacerdote empezó la letanía, el pobre Solitaña, con la cabeza hundida en la almohada, lanzaba con labios trémulos unos imperceptibles *orá por nobis*, que se desvanecían lánguidamente en la alcoba, que estaba entonces como ascua de oro y llena de tibio olor a cera. Murió; su hijo le lloró el tiempo que sus quehaceres y sus amores le dejaron libre; quedó en el aire el hueco que al morir deja un mosquito, y el alma de Solitaña voló a la montaña eterna, a pedir al Pastor, él, que siempre había vivido a la sombra, que nos traiga buen sol para hoy, para mañana y para siempre.

¡Bienaventurados los mansos!

Juan Manso

Cuento de muertos

Y va de cuento.

Era Juan Manso en esta pícara tierra un bendito de Dios, una mosquita muerta que en su vida rompió un plato. De niño cuando jugaban al burro sus compañeros, de burro hacia él; más tarde fue el confidente de los amoríos de sus camaradas, y cuando llegó a hombre hecho y derecho le saludaban sus conocidos con un cariñoso: «¡Adiós, Juanito!».

Su máxima suprema fue siempre la del chino: no comprometerse y arrimarse al sol que más calienta.

Aborrecía la política, odiaba los negocios, repugnaba todo lo que pudiera turbar la calma chicha de su espíritu.

Vivía de unas rentillas, consumiéndolas íntegras y conservando entero el capital. Era bastante devoto, no llevaba la contraria a nadie y como pensaba mal de todo el mundo, de todos hablaba bien.

Si le hablabas de política, decía: «Yo no soy nada, ni fu ni fa, lo mismo me da rey que roque: soy un pobre pecador que quiere vivir en paz con todo el mundo».

No le valió, sin embargo, su mansedumbre y al cabo se murió, que fue el único acto comprometedor que efectuó en su vida.

Un ángel armado de flamígero espadón hacía el apartado de las almas, fijándose en el señuelo con que las marcaban en un registro o aduana por donde tenían que pasar al salir del mundo, y donde, a modo de mesa electoral, ángeles y demonios, en amor y compañía, escudriñaban los papeles por si no venían en regla.

La entrada al registro parecía taquilla de expendeduría en día de corrida mayor. Era tal el remolino de gente, tantos los empellones, tanta la prisa que tenían todos por conocer su destino eterno y tal el barullo que imprecaciones, ruegos, denuestos y disculpas en las mil y una lenguas, dialectos y jergas del mundo armaban, que Juan Manso se dijo: «¿Quién me manda meterme en líos? Aquí debe de haber hombres muy brutos».

Esto lo dijo para el cuello de su camisa, no fuera que se lo oyesen.

El caso es que el ángel del flamígero espadón, maldito el caso que hizo de él, y así pudo colocarse camino de la Gloria.

Iba solo y pian pianito. De vez en vez pasaban alegres grupos, cantando letanías y bailando a más y mejor algunos, cosa que le pareció poco decente en futuros bienaventurados.

Cuando llegó al alto se encontró con una larga cola de gente a lo largo de las tapias del Paraíso, y unos cuantos ángeles que cual *guindillas* en la tierra velaban por el orden.

Colocose Juan Manso a la cola de la cola. A poco llegó un humilde franciscano, y tal maña se dio, tan conmovedoras razones adujo sobre la prisa que le corría por entrar cuanto antes, que nuestro Juan Manso le cedió su puesto diciéndose: «Bueno es hacerse amigos hasta en la Gloria eterna».

El que vino después, que ya no era franciscano, no quiso ser menos y sucedió lo mismo.

En resolución, no hubo alma piadosa que no birlara el puesto a Juan Manso, la fama de cuya mansedumbre corrió por toda la cola y se transmitió como tradición flotante sobre el continuo fluir de gente por ella. Y Juan Manso, esclavo de su buena fama.

Así pasaron siglos al parecer de Juan Manso, que no menos tiempo era preciso para que el corderito empezara a perder la paciencia. Topó por fin cierto día con un santo y sabio obispo, que resultó ser tataranieto de un hermano de Manso. Expuso este sus quejas a su tatarasobrino y el santo y sabio obispo le ofreció interceder por él junto al Eterno Padre, promesa en cuyo cambio cedió Juan su puesto al obispo santo y sabio.

Entró este en la Gloria y, como era de rigor, fue derechito a ofrecer sus respetos al Padre Eterno. Cuando hubo rematado el discursillo, que oyó el Omnipotente distraído, díjole este:

—¿No traes postdata? —mientras le sondeaba el corazón con su mirada.

—¡Señor, permitidme que interceda por uno de tus siervos que allá, a la cola de la cola...!

—Basta de retóricas —dijo el Señor con voz de trueno—. ¿Juan Manso?

—El mismo, Señor; Juan Manso, que...

—¡Bueno, bueno! Con su pan se lo coma, y tú no vuelvas a meterte en camisa de once varas.

Y volviéndose al ángel introductor de almas, añadió: «¡Que pase otro!».

Si hubiera algo capaz de turbar la alegría inseparable de un bienaventurado, diríamos que se turbó la del santo y sabio obispo. Pero, por lo menos, movido de piedad acercose a las tapias de la Gloria, junto a las cuales se extendía la cola, trepó a aquellas, y llamando a Juan Manso, le dijo:

—¡Tataratío, cómo lo siento! ¡Cómo lo siento, hijito mío! El Señor me ha dicho que te lo comas con tu pan y que no vuelva a meterme en camisa de once varas. Pero... ¿sigues todavía en la cola de la cola? Ea, ¡hijito mío!, ármate de valor y no vuelvas a ceder tu puesto.

—¡A buenas horas mangas verdes! —exclamó Juan Manso, derramando lagrimones como garbanzos.

Era tarde, porque pesaba sobre él la tradición fatal y ni le pedían ya el puesto, sino que se lo tomaban.

Con las orejas gachas abandonó la cola y empezó a recorrer las soledades y baldíos de ultratumba, hasta que topó con un camino donde iba mucha gente, cabizbajos todos. Siguió sus pasos y se halló a las puertas del Purgatorio.

—Aquí será más fácil entrar —se dijo—, y una vez dentro y purificado me expedirán directamente al Cielo.

—Eh, amigo, ¿adónde va?

Volviose Juan Manso y hallose cara a cara con un ángel, cubierto con una gorrita de borla, con una pluma de escribir en la oreja, y que le miraba por encima de unas gafas. Después que le hubo examinado de alto abajo, le hizo dar vuelta, frunció el entrecejo y le dijo:

—¡Hum, *malorum causa*! Eres gris hasta los tuétanos... Temo meterte en nuestra lejía, no sea que te derritas. Mejor harás en ir al Limbo.

—¡Al Limbo!

Por primera vez se indignó Juan Manso al oír esto, pues no hay varón tan paciente y sufrido que aguante el que un ángel le trate de tonto de capirote.

Desesperado tomó camino del Infierno. No había en este cola ni cosa que lo valga. Era un ancho portalón de donde salían bocanadas de humo espeso y negro y un estrépito infernal. En la puerta un pobre diablo tocaba un organillo y se desgañitaba gritando:

—Pasen ustedes, señores, pasen... Aquí verán ustedes la comedia humana. Aquí entra el que quiere.

Juan Manso cerró los ojos.

—¡Eh, mocito, alto! —le gritó el pobre diablo.

—¿No dices que entra el que quiere?

—Sí, pero... ya ves —dijo el pobre diablo poniéndose serio y acariciándose el rabo—, aún nos queda una chispita de conciencia... y la verdad... tú...

—¡Bueno! ¡Bueno! —dijo Juan Manso volviéndose porque no podía aguantar el humo.

Y oyó que el diablo decía para su capote: «¡Pobrecillo!».

—¡Pobrecillo! Hasta el diablo me compadece.

Desesperado, loco, empezó a recorrer, como un tapón de corcho en medio del océano, los inmensos baldíos de ultratumba, cruzándose de cuando en cuando con el alma de Garibay.

Un día que atraído por el apetitoso olorcillo que salía de la Gloria se acercó a las tapias de esta a oler lo que guisaban dentro, vio que el Señor, a eso de la caída de la tarde, salía a tomar el fresco por los jardines del Paraíso. Le esperó junto a la tapia, y cuando vio su augusta cabeza, abrió los brazos en ademán suplicante, y con tono un tanto despechado le dijo:

—¡Señor, Señor! ¿No prometiste a los mansos vuestro reino?

—Sí; pero a los que embisten, no a los embolados.

Y le volvió la espalda.

Una antiquísima tradición cuenta que el Señor, compadecido de Juan Manso, le permitió volver a este pícaro mundo; que de nuevo en él, empezó a embestir a diestro y siniestro con toda la intención de un pobrecito infeliz: que muerto de segunda vez atropelló la famosa cola y se coló de rondón en el Paraíso.

Y que en él no cesa de repetir: «¡Milicia es la vida del hombre sobre la tierra!».

El sermón de Frasquín

En cuanto se sentó Cándido, corrió por los comensales, de cabo a rabo de la mesa, un rumor alegre acompañado de risas contenidas, y al punto empezaron a gritar todos: «¡Que hable Frasquín!, ¡que hable Frasquín!».

Frasquín estaba muy serio, contra su costumbre, porque contra ella había bebido algo más de lo regular.

—Tiene un vino razonador y algo fúnebre —dijo uno de los comensales a su vecino.

—Cosa rara..., él, tan alegre, tan *bon vivant*...

—Solemos verle siempre con careta.

—¡Que hable Frasquín!, ¡que perore Frasquín! —volvieron a gritar los comensales.

Frasquín se levantó muy serio, muy serio, casi pálido y al empezar diciendo: «Mis queridos hermanos», soltaron todos la carcajada. El orador repitió sin inmutarse, y aún más serio, recalcando las palabras: «Mis queridos hermanos», y como volvieron algunos a reírse volvió a repetirlas en un tono a la vez tan imperioso y suplicante que a nadie le entró ya ganas de reírse.

«Mis queridos hermanos: Henos aquí reunidos en fraternal banquete, en medio de una alegría bulliciosa y un buen humor explosivo, henos a todos reunidos en la mayor intimidad..., aparente. Aparente, sí, os lo repito, aparente y nada más que aparente. Aquí donde parece que olvidando nuestras pequeñas diferencias nos unimos en un espíritu de alegre descuido, aquí somos los unos más que nunca extraños a los otros, aquí nos estorbamos, aquí nos odiamos mutuamente.»

Bravos prolongados, aplausos y risas. El orador bebió una copa.

«Nos odiamos los unos a los otros y nos odiamos a nosotros mismos. Yo de vosotros solo veo lo exterior, el hombre que se muestra al mundo, la hechura de lo que le rodea, pero no me es dado asomarme al brocal de vuestras conciencias turbias. ¿Cómo, pues, diréis vosotros, aseguras eso del odio? ¡Ah!, mis queridos hermanos, es que en la imposibilidad de penetrar en vuestra alma y ver qué légamo deja en ella el mundo que nos rodea, desciendo a la mía y por lo que allí topo colijo lo que podrán contener las vuestras. Y en el poso de mi alma, os lo digo en serio, solo encuentro odio hacia vosotros, odio hacia mí mismo.»

Nueva tempestad de aplausos y de risas. El orador bebió otra copa.

«Reíos enhorabuena, poco me importa. Con que haya uno, uno solo, entendédmelo bien, uno solo que al salir de aquí salga serio y sueñe con lo que digo, me basta. Sí, nos hemos reunido para alimentar nuestros odios mutuos, para cultivarlos, para gozar-nos en ellos con un goce picante y malsano, porque es tal el estrago de nuestras almas que solo el odio es para ellas remedio a su incurable marasmo.»

—¡Que calle ese predicador!, ¡fuera! —gritó uno.

—Vaya, tiene el vino fúnebre —replicó otro y se salió.

El orador bebió otra copa y prosiguió:

«¿Y por qué nos reunimos en el odio? ¡Ah!, es que huimos de la felicidad y del amor, es que les te-nemos miedo..., miedo, hermanos, miedo cerval. Tene-mos miedo al ridículo y el miedo al ridículo es miedo a la felicidad que aquí puede recogerse, por pobre que sea. Es que el amor es expansivo y no se cuida de lo que dirá el prójimo..., es que para gozar una chispita de felicidad hay que abandonarse, hay que entregarse, es preciso enajenarse, es preciso sobre todo ser cursi, muy cursi, ser vulgar, muy vulgar, es preci-so afrontar el ridículo. El odio en cambio se recon-centra y encierra al hombre en sí mismo... Porque lo sabéis tan bien como yo, para gozar del amor hay que darse, hay que dejar que vean al desnudo nuestras flaquezas, y el odio, en cambio, es solitario. Y nosotros, todos, por no abdicar de nuestra independencia nos dedicamos al goce solitario».

Grandes carcajadas, aplausos, gritos. El orador, bebida otra copa, continuó:

«Lo he dicho y es la verdad. No somos otra cosa. Y a la vez que nos encastillamos en la miseria de no-sotros mismos y temblamos de darnos, tenemos un empeño estúpido en exhibir nuestro hombre exte-rior, el postizo, el monigote, a los sencillos y sanos de espíritu que se abandonan a la vida. Vivimos para la galería, nuestro anhelo mayor es dejar turulato al hortera y al padre de familia..., y le odiamos, le odiamos porque a las veces suele ser feliz. ¿Y sabéis por qué es feliz? ¡Porque es valiente!».

Nuevos aplausos. Mientras el orador se bebe otra copa los comensales se hablan por lo bajo como tramando algo.

«¡Cuántas veces al retirarme a casa de nuestras bulliciosas francachelas he sentido en la soledad de mi cuarto un nudo en la garganta y que me brotaban las lágrimas sin saber de dónde!»

Se salió un comensal.

«Y lloraba una felicidad perdida para siempre, perdida por empeñarme en ser alguien a los ojos de los demás a costa de no ser nadie a mis propios ojos, perdida por vivir como fantasma en las conciencias ajenas y no como hombre en la realidad de mí mismo.»

Se salió otro comensal.

«Hoy me siento romántico.»

Grandes risas y aplausos. Se sale otro comensal.

«Me habéis matado, sí, me habéis matado, me habéis matado el alma, ¡asesinos!, me habéis robado el corazón, ¡ladrones!»

Estrepitosos aplausos, durante los cuales se sale otro comensal y el orador bebe otra copa.

«Fue un amor sencillo y muy vulgar, muy vulgar... Figuraos si sería vulgar que era un amor romántico, uno de esos que dicen que solo se ven en los libros, y el único amor que he visto en mi alma. Y lo oculté como un crimen, lo oculté a vuestras curiosidades, y en fuerza de ocultarlo como crimen llegó a ser crimen, crimen verdadero.»

—Esto es fastidioso —dijo un comensal saliendo.

Frasquín se llevó el pañuelo a los ojos para enjugarse una lágrima y al verlo exclamó uno:

—Está llorando el vino.

Esta vez se salieron dos comensales.

«¿Por qué fui cobarde? Cobarde, sí, cobarde para afrontar la felicidad... Creía tener que abdicar de mí mismo y a ese precio ¡ni la felicidad! ¿Entregarme?, ¿abandonarme?, ¿darme?»

Se salió otro comensal.

«Entre mí y la felicidad preferí quedarme sin ella... Esto es satanismo puro... Yo, yo, yo, yo incontaminado, impenetrable, libre... ¿libre? ¡Esclavo!»

Se salió otro comensal.

«¿Y sabéis por qué lloro cuando me encuentro a solas? Porque no era entre mí y la felicidad la elección, no; porque aquel yo al que sacrifiqué una probable dicha no era mi yo verdadero, no era el yo hondo, no era más que el monigote, el maniquí, el que conocéis vosotros, uno igual al que yo conozco de vosotros.»

Se salió otro comensal.

«Mi yo verdadero, el hondo, el vulgar, el yo como todos los humanos... ese está muerto..., a ese le matasteis... ¡No!, ¡no está muerto!, está dormido como un lirón, le habéis dado opio, está amodorrado, imbécil... Entre vosotros hay algún morfinomaníaco que comprenderá esto... Sí, la acción deletérea de los goces solitarios a que nos entregamos ha amodorrado mi yo verdadero...»

Se salió otro comensal.

«... y si no acudo pronto al remedio, se muere, se muere sin remisión y para siempre..., para siempre..., siempre..., siempre...»

Mientras Frasquín sollozaba se salió otro comensal quedando solo uno, el último, que dormía profundamente.

«Así es que hoy vengo a despedirme de vosotros..., de ti, que eres el único que ha soportado hasta aquí mis desahogos, vengo a despedirme. Me marcho a despertar mi yo... ¿Cómo le despertaré? ¡A latigazo limpio! Latigazo limpio y luego a bañarme en vulgaridad, en cursilería, a confundirme entre la masa anónima, a que con su roce se me gaste el monigote...»

Frasquín calló acercándose al último comensal. Este dormía sollozando en sueños, y Frasquín le miró con ternura y exclamó:

«¡Pobrecillo!, goza, goza de unos instantes de fugitiva dicha... Dura cosa es tener que buscar la pajita de felicidad en sueños...».

Salió a la calle y al sentir el fresco le corrió un escalofrío por todo el cuerpo y luego le subió a la cara el calor del vino.

«He estado valiente..., no, ha sido el vino... También es desgracia no poder entrar en batalla sin algunas copas... De todos modos hoy me he desnudado y tal vez les he desnudado a algunos..., no a todos... ¡quia! Los más son imbéciles, no tienen dentro nada, nada, absolutamente nada... Pero sí, tienen un hombre, ¡un hombre! Pero señor, ¡qué locura!, la de querer despojarnos del fondo común a todos, de la masa idéntica sobre que se moldean las formas diferenciales, de lo que nos asemeja, de lo que hace que seamos prójimos, de la madre del amor..., de la humanidad, del hombre, del verdadero hombre, del legado de la especie... ¡Qué empeño en entronizar lo original, lo diferencial, la mueca, la caricatura, lo que nos viene de fuera...! Damos más valor a la acuñación que al oro..., preferimos el arte a la vida.

»La vida más humilde, la más oscura vale más, infinitamente más que la más grande obra de arte..., y esta solo vale como símbolo de una vida y aperitivo de otras. Nos esforzamos por erigir el yo satánico sobre las ruinas del yo humano... ¿Humano...? ¡Del yo divino! Nos rebelamos contra la vida y ella se venga... ¿Rebelarse? ¡Qué estúpido es rebelarse! Si nos fuera posible querer que todo suceda como ha de suceder, sucedería todo como nosotros quisiéramos, ¡seríamos omnipotentes!, omnipotentes por una infinita resignación, una resignación sobrehumana... ¿A qué soñar con imposibles? ¡Vamos, Frasquín, resígnate a ser como eres, como Dios te ha hecho, sé hombre y no monigote, y serás libre! Frasquín, cobarde, cobarde, ¿por qué has bebido para decir la verdad?»

Entró en casa y se metió en su cuarto a llorar.

Desde aquella noche del sermón no volvió a la sociedad de sus amigos, pero no volvió por vergüenza, porque creía que le habían visto desnudo. Porque él mismo al creerse desnudo se avergonzó como Adán de sí mismo.

Algún tiempo después se casó Frasquín, tuvo hijos, trabajó para ellos y los crio y sobre todo logró despertar a su yo amodorrado.

Una visita al viejo poeta

En el nutrido sosiego que venía a posarse plácido desde el cielo radiante, iba a fundirse la resignada calma que de su seno exhalaba la vieja ciudad, dormida en perezosa siesta. Me sumí en las desiertas callejuelas que a la Colegiata ciñen, y en una de ellas, donde me habían dicho que habitaba el viejo poeta, de tan largo tiempo enmudecido, di a la aldaba del portalón, que lo era de la única casa de la calleja. Resonó el aldabonazo, quebrando el soñoliento silencio en los muros que formaban la calleja, flanqueada, como un foso, de un lado por el tapial de la huerta de un convento, y por agrietadas paredes del otro.

Me pasaron, y al cruzar un pequeño jardincillo emparedado, uno de esos mustios jardines enjaulados en el centro de las poblaciones, vi a un anciano regando una maceta. Se me acercó. Era su conocidísima figura.

—Ahora mismo subo —me dijo.

—No; prefiero hacerle aquí la visita; ¿qué más da?

—Como usted quiera... Rosa, baja unas sillas.

Desprendíase una calmosa melancolía de aquel pedazo de naturaleza encerrada entre las tapias de abigarradas viviendas. Dos o tres arbolillos se alzaban al arrimo de ellas, en busca de sol, y en ellos se refugiaban los pájaros. En un rincón, junto a un pozo, sombreaba a un banco de piedra una higuera. La casa tenía un corredor de solana, con balaustrada de madera, que miraba al jardincillo. El vertedero de la cocina servía para regar la higuera. Y todo ello parecía ruinas de naturaleza abrazadas a ruinas de humana vivienda.

Allí encima se alzaba la airosa torre de la Colegiata, a la que doraba el sol con sus rayos, muy inclinados ya; la torre severa, que contribuía a dar al pedazo de cielo desde allí visible su anguloso perfil. Unas gallinas picoteaban el suelo.

—Es mi retiro y mi consuelo —me dijo.

—Yo creí que preferiría usted el campo verdadero..., el aire libre...

—No. Voy a él de cuando en cuando, muy de tarde en tarde; pero es para volver al punto a encerrarme en esta jaula, con estos mis arbolillos presos, a la vista de esa torre, en este bosquecillo enjaulado, que me parece un enfermo cachorro de selva que, cautivo y nostálgico, me lame el alma y a mis pies se tiende humilde. Aquí no les sacuden tormentas ni el vendaval los agita; aquí crecen al arrimo de estas tapias. Mire la higuera, mi higuera doméstica; ¡qué lozana! Me recoge el sol y en dulzura me lo guarda. Al través de su verdura contemplo la dorada torre,

46

árbol frondoso también del arte, con su exuberante follaje arquitectónico. ¡Si oyese usted cómo resuena entre estas viejas tapias el son pausado de sus campanas! Cuando sus vibraciones se dilatan derritiéndose en el sereno ambiente, parecen bañarse en el eco derretido estos mis pobres arbolillos... Esta casa me recuerda la de mi niñez, a la que ha arrasado el inevitable progreso. Tenía un jardincillo así. Aquí me baño el alma en mis recuerdos infantiles; reanudo mi dulce vigilia después de años de sueño...

—¿Y no ha sentido usted nunca pruritos de salir, de volver al mundo...; no le ha tentado la gloria?

—¿Qué gloria? —me preguntó con dulzura.

—¡La gloria!...

—¡Ah, sí, la gloria! Dispénseme, me olvidaba de que hablo con un joven literato.

Se levantó para quitar una oruga de uno de los arbolillos, miró un rato a la erguida torre, dorada por el sol poniente, y prosiguió:

—¿Cree usted acaso que cuando ha finado, derretido en la serena calma del ámbito, el eco de esas lenguas de bronce, no vive aún en el silencio su dulce ritmo muerto? Sí, posa en el mar del silencio, en su eterno lecho, donde descansan las voces y los cantos todos que han sido, y donde esperan tal vez la suprema evocación que haya de resucitarlos para entonar la gloriosa sinfonía eterna. Cantan en el silencio...

Yo, más que le oía, contemplaba su hermosa cabeza de vidente.

—Sí —continuó—, mi nombre va olvidándose; casi nadie lo cita ya; pero es ahora, en que se olvida mi nombre, cuando obra acaso mi espíritu, difundido en el de mi pueblo, más viva y eficazmente. Prodúcese un pensador o un artista, y mientras su obra no posa en el alma de su pueblo, mientras le es extraña a este y en él choca, necesita llevar el nombre de su padre. Mas cuando se hace nuestro pensar, pensar de los que nos rodean, cuando nuestro sentir se aúna al sentir de nuestro pueblo, haciéndolo más complejo, cuando nuestra voz se acuerda al coro enriqueciendo la común sinfonía..., entonces nuestro nombre se hunde poco a poco. Nuestras ideas lo son ya de todos; el busto de nuestra moneda se ha borrado, y con él la leyenda, y la moneda corre porque es de oro de ley. Cuando menos se habla de un escritor, suele ser muchas veces cuando más influye.

—Tal vez... —empecé, y él, sin oírme, continuó:

—¡Mi nombre! ¿Para qué he de sacrificar mi alma a mi nombre? ¿Prolongarlo en el ruido de la fama? ¡No! Lo que quiero es asentar en el silencio de la eternidad mi alma. Porque, fíjese, joven, en que muchos sacrifican el alma al nombre, la realidad a la sombra. No, no quiero que mi personalidad, eso que llaman personalidad los literatos, ahogue a mi persona —y al decirlo se tocaba el pecho—. Yo, yo, yo, este yo concreto que alienta, que sufre, que goza, que vive; este yo intrasmisible..., no quiero sacrificarlo a la idea que de mí mismo tengo, a mí mismo convertido en ideal abstracto, a ese yo cerebral que nos esclaviza...

—Es que el yo que usted llama concreto...

—Es el único verdadero; el otro es una sombra, es el reflejo que de nosotros mismos nos devuelve el mundo que nos rodea por sus mil espejos..., nuestros semejantes. ¿Ha pensado usted alguna vez, joven, en la tremenda batalla entre nuestro íntimo ser, el que de las profundas entrañas nos arranca, el que nos entona el canto de pureza de la niñez lejana, y ese otro ser advenedizo y sobrepuesto que no es más que la idea que de nosotros los demás se forman, idea que se nos impone y al fin nos ahoga?

—Alguien llamaría egoísmo a eso... —me atreví a insinuarle deprisa, antes de que, arrepentido, recogiese mis palabras.

—¿Egoísmo? —me contestó con calma—. ¡Oh, sí; ahora han inventado eso del altruismo! ¡Altruismo! Eso sí que es inmoral e inhumano; sacrificar a *mi* idea, porque no es más que a una idea a lo que se sacrifica; sacrificar a *mi* idea, a la mía, entiéndalo, a todos mis prójimos, incluso a mí mismo, mi primer prójimo, el más prójimo o próximo a mí.

Pareció hundirse en algún recuerdo remoto de esos de fuera del tiempo, y prosiguió:

—No quiero devorar a otros; ¡que me devoren ellos! ¡Qué hermoso es ser víctima! ¡Darse en pasto espiritual..., ser consumido..., diluirse en las almas ajenas! Así resucitaremos un día cuando se unan todas, y sea Dios en todos, como san Pablo dice...

No daba ya la luz más que en la cresta de la torre; parecían espesarse la calma y el silencio, interrumpidos tan solo por algún vencejo que cruzaba chillando el anguloso cacho de cielo del jardinillo enjaulado.

—¡Mire usted; mire usted al gato cómo trepa por ese arbolillo a la ventana de la cocina! Arriba caza ratones; aquí, entre los árboles, pajarillos. Y me entretiene mucho. ¡Qué vida!, dirá usted. ¡Aquí, con sus arbolillos, su higuera triste, su concierto de pájaros, su gato, sus gallinas, sus flores..., regando sus recuerdos y cultivando su tristeza!... Después de aquel triste suceso que usted conoce, me retiré al campo a bañar mi enfermo espíritu en su quietud sedante. Iba a curarme a la vez de los estragos del urbanismo, de esa corea espiritual en que nos hunde la diaria descarga de impresiones de la ciudad. Allí, en el campo, supe lo que es dormir, y el que no sabe dormir no vive. En la ciudad, miradas, vaho de ansiosos alientos, de impuros deseos, de rencores, sonrisas equívocas, saludos, retardos, paradas..., ¡todo nos electriza! Es una serie continua de insignificantes punzadas, de cosquilleos imperceptibles, que nos galvanizan la vida y al fin nos rinden. Y fui a recibir el gran baño, la inmersión en aire libre, en luz libre, en libre calma, en el remanso de las horas tranquilas. Y allí a pensar rítmicamente, con calma, con todo el cuerpo y con el alma toda, no con el cerebro tan solo, asiento de lo que ustedes llaman personalidad.

Interrumpiole la voz sonora de la campana de la Colegiata, que tocaba a la oración de la tarde. Miró a sus arbolillos, que parecían escucharle, y calló un rato. Respeté su silencio. Y luego, con calma, dijo:

—Del campo vine a este asilo. He renunciado a aquel yo ficticio y abstracto que me sumía en la soledad de mi propio vacío. Busqué a Dios a través de él; pero como ese mi yo era una idea abstracta, un yo frío y difuso, de rechazo, jamás di con más Dios que con su proyección al infinito, con una niebla fría y difusa también: con un Dios lógico, mudo, ciego y sordo. Pero he vuelto a mí mismo, al pobre mortal que sufre y espera, que goza y cree, a aquel a quien despiertan los sobresaltos del corazón enfermo, y aquí, en este pobre jardinillo, junto a estos mustios y silenciosos amigos, me dedico a la más honda filosofía, que consiste en repensar los viejos lugares comunes. Medito las palabras de la señora Paula, una buena vecina, inagotable en las tan conocidas reflexiones del vulgo acerca de la caducidad de la dicha y de la necesidad de la resignación. Y otras veces, a la sombra de esa higuera, armonioso órgano de pardales y becafigos, leo el Evangelio. Y en él se me muestra el Hijo del Hombre, el hombre mismo, palpable, concreto, vivo, y por Cristo, con quien hablo, subo a su Padre, sin argumentos de lógica, por escala cordial...

—¡Qué vida! —murmuré.

Y él, que me lo oyó:

—Sí —dijo—, ya sé que ustedes disertan mucho acerca de la vida, y dicen que hay que amarla; pero la tienen de querida y no de esposa. ¡La vida! ¡En ella me he enterrado, he muerto en vida en ella misma! ¡Hay que vivir! ¿Y para qué?... Esto es, ¿para qué?... ¿Para qué todo?, dígamelo. ¿Para qué?... ¿Para qué? No quiero inmolar mi alma en el nefando altar de mi fama; ¿para qué?

Cuando salí, de noche ya, parecía que al son de mis pisadas, que retumbaban en el tenebroso silencio de la solitaria calleja, vagaba por ella con quebrado vuelo, cual invisible murciélago, esta pregunta: ¿Para qué?

El abejorro

—La verdad, no le creía a usted hombre de azares —le dije.

—¿Por qué? ¿Por lo del abejorro? —me preguntó.

Y a un signo afirmativo mío, añadió:

—No hay tales azares, si bien debo decirle a usted que creo que si investigáramos las últimas raíces de las supersticiones mismas que nos parecen más absurdas, aprenderíamos a no calificarlas de ligero... Figúrese usted que mis hijos, de verme a mí, adquieren mi horror al abejorro, y de mis hijos lo toman mis nietos, y va así trasmitiéndose. Se convertirá en un *azar*. Y, sin embargo, el tal horror tiene en mí raíces muy hondas y muy reales.

—Hombre, eso...

—No lo dude usted. Soy de los hombres que más se alimentan de su niñez; soy de los que más viven en los recuerdos de su lejana infancia. Las primeras impresiones que recibió el espíritu virgen, las más frescas, son las que forman su lecho, el rico légamo de que brotan las plantas que en el lago de nuestra alma se bañan.

»Fue mi niñez —siguió diciendo— una niñez triste. Casi todos los días salía con mi pobre padre, herido ya de muerte entonces. Apenas lo recuerdo: su figura se me presenta a la memoria esfumada, confinante con el ensueño. Sacábame de paseo al anochecer, los dos solos, al través de los campos, y apenas recuerdo otra cosa si no es que aquellos paseos me ponían triste.

—¿Pero no recuerda usted nada de sus palabras o conversaciones?

—Sí, sí; algunas me han quedado grabadas con imborrables caracteres. Me hablaba de la luna, de las nubes y de cómo se formaban; de cómo se siembra y crece y se recoge el trigo; de los insectos y de su vida y costumbres. Estoy seguro de que aquellas enseñanzas, hasta las que he olvidado, son las más sustanciosas que he recibido, la roca viva de mi cultura íntima. Hasta las olvidadas, se lo aseguro a usted, me vivifican el pensar desde el olvido mismo, porque el olvido es algo positivo, como el silencio y la oscuridad lo son.

—Por lo menos —le interrumpí— son el olvido, la oscuridad y el silencio los que hacen posibles la memoria, la luz y la voz.

—De pronto le entraban arrebatos súbitos y me cogía en brazos y me besaba y besuqueaba, preguntándome a cada momento: «Gabriel, ¿serás bueno siempre?». Y yo, más que conmovido asustado, le respondía siempre: «Sí, papá». Lo recuerdo bien;

me daba miedo aquella pregunta de: «¿Serás bueno siempre?»; miedo, miedo era lo que me daba. Alguna vez llegó hasta a llorar sobre mis mejillas; y yo recuerdo que rompí entonces a llorar también con un llanto silencioso, como el suyo, con un llanto hondo que me arrancaba de las entrañas del espíritu toda la tristeza con que ha sido amasada nuestra carne, pesares de ultracuna... ¿Quién sabe?, dolores heredados tal vez.

—¡Qué teorías!... —dije yo.

—No son teorías —me contestó—: son hechos.

Se fatigaba mucho, y tenía que sentarse a cada paso; y una tarde, puesto ya el sol, me habló, mirando hacia el dorado poniente, de su cercana muerte. Y acabó con su pregunta de siempre: «¿Serás siempre bueno, Gabriel?». Nunca me dio la pregunta más miedo, más religioso terror que entonces. Ni sé si supe contestarle.

—Veo que recuerda usted más de lo que decía...

—Sí, cuando me pongo a pensar en ello. Todos estos recuerdos son el fondo sobre que he recibido mil ulteriores impresiones en la vida, y todas están teñidas de su color. Todo lo he visto a través de ellos; pero de él, de mi padre mismo, de su figura, recuerdo poco. Otras veces me hablaba del Padre, que es como llamaba siempre a Dios, y allí, en medio del campo mientras la luz se derretía en la noche, me hacía rezar el padrenuestro, explicándome cada una de sus palabras. Solía detenerse en el *hágase tu voluntad*, y al concluir de explicármelo me abrazaba sofocado, diciéndome: «¿Serás siempre bueno, Gabriel?».

Calló un momento, como recogiendo sus lejanos recuerdos, y prosiguió:

—Lo que sí recuerdo es su último día, el día de su muerte, el día del abejorro. Estaba ya muy débil; tenía que sentarse a cada momento, y cuando se ponía a explicarme algo lo hacía con tal lentitud, tantas pausas y tantos anhelos, que me infundía un vago terror. Aquel anochecer se sentó en un tronco de árbol derribado, y al poco tiempo, uno de esos abejorros sanjuaneros que revolotean como atontados, tropezando con todo, después de puesto el sol empezó a revolotear en torno a nosotros. Mi padre le ahuyentaba con la mano, y hasta este esfuerzo le era penoso. «Échale», me dijo. Y yo, con mi gorra, le ahuyenté. «Hoy no hay luna, papá», recuerdo que le dije; y él, con una calma terrible, mascullando cada palabra, me respondió: «Luna sí hay, hijo mío; es que está apagada, y por eso no la ves; luna hay siempre; cuando la ves como una hoz, es que no le alumbra el sol por entero... Otras veces sale casi de día...». Volvió el abejorro, y ya no se entretuvo en ahuyentarlo. «¡Qué mal estoy, hijo!», exclamó. Yo callaba, y el abejorro zumbaba en torno nuestro. Se adelantó entonces mi padre un poco, y le brotó un chorro de sangre de la boca. Yo quedé aterrado, y a mi terror acompañaba con su revoloteo el abejorro. «¡Yo me muero, Gabriel —dijo mi padre—: adiós! ¿Serás siempre bueno?» No pude responder. Mi padre cayó muerto; y yo, frío, solo con él en medio del campo, de noche ya, no recuerdo lo que pensé ni lo que sentí. No recuerdo más de aquellos momentos que al abejorro, al tenaz abejorro, que parecía repetirme: «¿Serás siempre bueno, Gabriel?», y que fue a posarse en la cara misma de mi padre.

—Ahora se comprende todo —le dije—; pero, ¿cómo le aterraba a usted esa sencilla pregunta, tan natural, tan dulce?

—¿Cuál? ¿La pregunta de mi padre? ¿Su última pregunta? ¿La que me dirigió poco antes de nacer a la muerte? No lo sé; pero lo que sí puedo asegurarle es que cuando me pongo a escarbar en mi conciencia y a rebuscar el porqué del terror que desde entonces me inspiran los abejorros que al anochecer revolotean como atontados, encuentro que no se debe tanto este terror a que me recuerden la muerte de mi padre como a que me traen la fatídica pregunta: «¿Serás siempre bueno, Gabriel?». Es una pregunta que me parece venir de la tumba...

—Creo que usted se equivoca. La impresión de una muerte, y de la muerte de un padre, sobre todo, y más en las circunstancias en que usted me la ha narrado, deja una huella indeleble en el alma de un niño. Es una revelación tremenda, es una fuente de seriedad para la vida.

—Puede ser; pero yo le aseguro a usted que pienso en la muerte con relativa tranquilidad; que alguna vez me ejercito en representármela al vivo y en representarme mi propia muerte, y afronto tal imagen. Pero cada vez que traigo a mi memoria aquella insistente pregunta paternal, incubada con todas las misteriosas melancolías del anochecer, aquello de: «¿Serás siempre bueno?», me pongo a temblar, a temblar como un azogado. Porque, dígamelo, ¿sé yo acaso si seré siempre bueno?

—Con proponérselo...

—¡Oh!, sí, lo de todos y lo de siempre... ¡Con proponérselo! ¿Sé yo si seré siempre bueno? ¿Sé siquiera si lo soy?

—¡Hombre!

—Esperaba esa expresión de asombro; con ella me han respondido casi siempre. Sí, ¿sé si lo soy?

—¡Hombre, la voz de la propia conciencia!...

—¿Y si está muda?

—Quien no tiene conciencia de obrar mal es que no obra mal, porque la intención...

—¡La intención! ¡La intención! ¿Conocemos nuestras propias intenciones? ¿Sabemos si somos buenos o no? Créame usted que es esa tremenda cuestión lo que nos hace temblar cuando zumba en torno de nosotros el abejorro evocador de la muerte. Sin esa pregunta, nadie creería en la muerte.

—Extrañas teorías...

—No, no son teorías: son hechos.

El maestro de Carrasqueda

—Discurrid con el corazón, hijos míos, que ve muy claro, aunque no muy lejos. Te llaman a atajar una riña de un pueblo, a evitarle un montón de sangre, y oyes en el camino las voces de angustia de un niño caído en un pozo: ¿le dejarás que se ahogue? ¿Le dirás: «No puedo pararme, pobre niño; me espera todo un pueblo al que he de salvar»? ¡No! Obedece al corazón: párate, apéate del caballo y salva al niño. ¡El pueblo..., que espere! Tal vez sea el niño un futuro salvador o guía, no ya de un pueblo, sino de muchos.

Esto solía decir don Casiano, el maestro de Carrasqueda de Abajo, a unos cuantos mozalbetes que, en la escuela, mientras se lo decía, le miraban con ojos que parecían oírselo. ¿Le entendían acaso? He aquí una cosa de que, a fuer de buen maestro, jamás se cuidó don Casiano cuando ante ellos se vaciaba el corazón. «Tal vez no entiendan del todo la letra —pensaba—; pero lo que es la música...» Había, sin embargo, entre aquellos chicuelos uno para entenderlo: nuestro Quejana.

¡Toda un alma aquel pobre maestro de escuela de Carrasqueda de Abajo! Los que le hemos conocido en este último tercio del siglo xx, anciano, achacoso, resignado y humilde, a duras penas lograremos figurarnos aquel joven fogoso, henchido de ambiciones y de ensueños, que llegó hacia 1920 al entonces pobre lugarejo en que acaba de morir, a ese Carrasqueda de Abajo, célebre hoy por haber en él nacido nuestro don Ramón Quejana, a quien muchos llaman el Rehacedor.

Cuando el año 20 llegó don Casiano a Carrasqueda, lo encontró muy chico, e incapaces de sacramentos a los carrasquedeños. ¡Buen pelo iba a echar raspándoles el de la dehesa! Lo primero enseñarles a que se lavaran: suciedad por dondequiera; suciedad e ignorancia. Había que mondarles el cuerpo y la mente; quitar, más que poner, tanto en esta como en aquel.

Con los mayores no se podía, pues a todo paraban el golpe con un ¡eso no pinta aquí! «Más sabe el loco en su casa que el cuerdo en la ajena» era su refrán favorito. Que se cubrieran los estercoleros de abono; que no los dejaran en montoncitos sobre las tierras; que..., ¡bah!, ¡bah!, ¡bah! ¡Querer enseñarles labranza, a ellos, labradores desde siempre!... «¡Señor maestro, enseñe el Catecismo a los niños, y luego, si hay tiempo, a leer y escribir, y déjese de andróminas!»

Cada visita del concejo a la escuela costaba una sofoquina al pobre maestro. Quiso suprimir el discursito de rigor cuando se anunció la visita del inspector, pero el cura:

—Amigo don Casiano —le dijo—, no se nos venga con pedagogías y cosas de ayer por la mañana, que los tíos son tíos, aunque no lo quieran, y es menester que el hijo del alcalde eche su discursito, como es costumbre en casos parecidos, y mejor si es verso..., y que no lo entiendan, sobre todo...

Tuvo el maestro una idea. Llamó a Ramonete, hijo del tío Quejana, el alcalde, para que convenciese a su padre de que no hacía al caso el discurso. «El chico tendrá mejor sentido que el padre, pues no le ha sobrado tanto tiempo de echarlo a perder», pensó. Y, en efecto, se prendó del mocito: ¡vaya un chicuelo! Y en adelante le brindó las lecciones y por él hablaba a los demás. Cuando ni aun Ramonete le entendía, exclamaba malhumorado: «¡Es como si hablara a la pared!», pensando al punto: «Las paredes oyen... y entienden acaso».

Dios no le dio hijos de su mujer; pero tenía a Ramonete, y en él al pueblo, a Carrasqueda todo. «Yo te haré hombre —le decía—; tú déjate querer.» Y el chico no solo se dejaba, se hacía querer. Y fue el maestro traspasándole las ambiciones y altos anhelos, que, sin saber cómo, iban adormeciéndosele en el corazón.

Era en el campo, entre los sembrados, bajo el infinito tornavoz del cielo, donde, rodeado de los chicuelos, Ramonete allí juntito, a su vera, le brotaban las parábolas del corazón. Aún recuerda Quejana —se lo hemos oído más de una vez— cuando les decía que Jesucristo fue un artesano lugareño a quien mataron en la ciudad, o cuando frente a un barbecho exclamaba: «¿Creéis que esta tierra no hace más que descansar? ¡Pues no! El aire manso y silencioso la está renovando, mientras que el ventarrón no hace sino meter ruido y derribar...».

Y cuando aquellos niños se hicieron hombres y padres, don Casiano les hacía leer los domingos, comentándoles lo que leían, y les mondó cuerpos y mentes, y les enseñó a cubrir el estiércol y a aprovecharlo, y, sobre todo, a conservar en el fondo del corazón una niñez perpetua.

Mas su preocupación era Ramonete; Ramonete, que se fue a la ciudad a estudiar carrera. Los veranos, en vacaciones, ¡qué paseos por campos sin fin, entre barbechos!

Todos conocemos la brillante carrera de don Ramón, aquellos sus primeros triunfos, su encumbramiento, su victoria final; todos sabemos sus desalientos también, sus dudas y sus desazones. Cuando, después de la famosa ruptura de la Liga, en 1950, se retiró don Ramón a su pueblo despechado y descorazonado, fue su primer maestro quien le curó, enseñándole a querer a la patria y hablándole de su ensueño de una España celeste. Cuando después de su victoria definitiva fue a su pueblo a recoger el último suspiro de su madre, ¡qué abrazo el que se dieron él y don Casiano, en el ejido del lugar, ante los lugareños conmovidos!

Don Casiano se ha hecho célebre por el célebre estribillo de don Ramón, estribillo que apenas falta en ninguno de los discursos; aquello de: «Decía una vez mi maestro...». Al principio provocaba a risa el inciso; pero muy pronto empezó a provocar la mayor atención y recogimiento en los oyentes.

Don Ramón intentó cierta vez condecorarle, y cuentan que le contestó: «Mi condecoración eres tú, Ramonete». Y no insistió este.

—Si usted hubiera salido, don Casiano...

—¿Salir? ¿Adónde?

—Hoy tendría posición, nombre, gloria...

—¡Posición!, ¡nombre!, ¡gloria! ¿Y Carrasqueda de Abajo? ¿Y tú, Ramonete, y tú? No, yo no soy de los que se guardan las perrillas para amasarse un caudalejo, agarrarse a la usura y legar a los hijos una rentita; lo que he ganado un día lo he dado siempre al siguiente, en calderilla, como lo gané. La gloria es una usura. He derramado mi espíritu en Carrasqueda, en calderilla también, y esto vale más que recogerse un nombre de oro en el mundo, un nombre que me dé renta de elogios. Carrasqueda es mi mundo, y el mundo entero, esta pobre tierra donde querías que dejase un nombre, nada más que un Carrasqueda algo mayor. Levanta de noche tu vista a las estrellas, Ramonete; recuerda lo que te he enseñado, y te convencerás. ¿Qué prefieres, que tu nombre trasponga el Pirineo y ande en bocas de extraños, o que tu alma se derrame en silencio por España, entre los que piensan con la lengua en que piensas tú?

—Una y otra cosa, don Casiano...

—¿Es posible? No tomes a la patria de pedestal de tu fama ni de campo de tus hazañas, ni hagas como esos que la maldicen y la desprecian porque, no siendo oída en la junta de las naciones, no se les escucha a ellos. No digas: «¿Qué culpa tengo yo de haber nacido español?», no vaya a creerse, al oírtelo, que pareces grande tan solo porque es ella chica. Ponte a sus pies, de escabel de su gloria y de su dicha, escondido entre los sillares de sus cimientos...

—Pero en un lugarejo...

—Sí, sé lo que vas a decirme: se embrutece, se envilece y se empobrece. Pero, ¿no era mi deber trabajar por que se humanizaran, ennoblecieran y enriquecieran tus hermanos los carrasquedeños?

—¿Por qué no escribe usted, don Casiano?

—¿Escribir yo? ¡Obra tú, Ramonete! Me he enterrado en vosotros, en mis discípulos.

Todos recordarán aquel viaje precipitado de don Ramón a su pueblo, cuando, dejando colgados graves asuntos políticos, fue a ver morir a su maestro, ochentón ya.

Hizo este que le llevaran a morir a la escuela, junto al encerado, frente a aquella ventana que da a la alameda del río, apacentando sus ojos en la visión de las montañas de lontananza, que retenían las semillas de los ensueños todos que, contemplándolas, le habían florecido al maestro en el huerto del espíritu. En el encerado había hecho escribir estas palabras del cuarto Evangelio: «Si el grano de trigo no cae en la tierra y muere, él solo queda; mas si muriere, lleva mucho fruto». Al acercársele la piadosa Muerte, le levantó a flor de alma las raíces de los pensamientos como en el mar levanta, al acercársele, la Luna las raíces de las aguas. Y su espíritu, cuando solo le ataba al cuerpo un hilo, sobre el que blandía la Muerte, piadosa, su segur, henchido de inspiración postrera, habló así:

—Mira, Ramonete: se me ha dicho mil veces que mi voz ha sido de las que han clamado en el desierto... ¡sermón perdido! Yo mismo os repetía en la escuela, cuando tú no me entendías: «¡Es como si hablase a la pared!». Pero, hijo mío, las paredes oyen; oye todo, y todo empieza, ahora que me muero, a hablarme a los oídos. Mira, Ramonete: nada muere, todo baja del río del tiempo al mar de la eternidad y allí queda... el universo es un vasto fonógrafo y una vasta placa en que queda todo sonido que murió y toda figura que pasó; solo hace falta la conmoción que los vuelva un día... Las voces perdidas y muertas resucitarán un día y formarán coro, un coro inmenso que llene el infinito... Me voy de esta España, de la terrestre, de la que fluye, a la otra España, a la España celestial... Ya sabes que el cielo envuelve a la tierra... ¡Habla y enseña aunque no te oigan...! Soy una voz que se apaga en el desierto... ¡Adiós, hijo mío!

Y calló para siempre. Y Quejana besó aquella boca, sellada para siempre por el supremo silencio, y al besarla cayeron de los ojos vivos del discípulo dos lágrimas a los ojos del maestro, fijos en la eternidad.

El que se enterró

Era extraordinario el cambio de carácter que sufrió mi amigo. El joven oficial, dicharachero y descuidado habíase convertido en un hombre tristón, taciturno y escrupuloso. Sus momentos de abstracción eran frecuentes y durante ellos parecía como si su espíritu viajase por caminos de otro mundo. Uno de nuestros amigos, lector y descifrador asiduo de Browning, recordando la extraña composición en que este nos habla de la vida de Lázaro después de resucitado, solía decir que el pobre Emilio había visitado la muerte. Y cuantas inquisiciones emprendimos para averiguar la causa de aquel misterioso cambio de carácter fueron inquisiciones infructuosas.

Pero tanto y tanto le apreté y con tal insistencia cada vez, que por fin un día, dejando transparentar el esfuerzo que cuesta una resolución costosa y muy combatida, me dijo de pronto: «Bueno, vas a saber lo que me ha pasado, pero te exijo, por lo que te sea más santo, que no se lo cuentes a nadie mientras yo no vuelva a morirme». Se lo prometí con toda solemnidad y me llevó a su cuarto de estudio donde nos encerramos.

Desde antes de su cambio no había yo entrado en aquel su cuarto de estudio. No se había modificado nada, pero ahora me pareció más en consonancia con su dueño. Pensé por un momento que era su estancia más habitual y favorita la que le había cambiado de modo tan sorprendente. Su antiguo asiento, aquel ancho sillón frailero, de vaqueta, con sus grandes brazos, me pareció adquirir nuevo sentido. Estaba examinándolo cuando Emilio, luego de haber cerrado cuidadosamente la puerta, me dijo, señalándomelo:

—Ahí sucedió la cosa.

Le miré sin comprenderle.

Me hizo sentar frente a él, en una silla que estaba al otro lado de su mesita de trabajo, se arrellanó en su sillón y empezó a temblar. Yo no sabía qué hacer.

Dos o tres veces intentó empezar a hablar y otras tantas tuvo que dejarlo. Estuve a punto de rogarle que dejase su confesión, pero la curiosidad pudo en mí más que la piedad, y es sabido que la curiosidad es una de las cosas que más hacen al hombre cruel. Se quedó un momento con la cabeza entre las manos y la vista baja; se sacudió luego como quien adopta una súbita resolución, me miró fijamente y con unos ojos que no le conocía antes, y empezó:

—Bueno; tú no vas a creerme ni palabra de lo que te voy a contar, pero eso no importa. Contándotelo me libertaré de un grave peso, y me basta.

No recuerdo qué le contesté, y prosiguió:

—Hace cosa de año y medio, meses antes del misterio, caí enfermo de terror. La enfermedad no se me conocía en nada ni tenía manifestación externa alguna, pero me hacía sufrir horriblemente. Todo me infundía miedo, y parecía envolverme una atmósfera de espanto. Presentía peligros vagos. Sentía a todas horas la presencia invisible de la muerte, pero de la verdadera muerte, es decir, del anonadamiento. Despierto, ansiaba porque llegase la hora de acostarme a dormir, y una vez en la cama me sobrecogía la congoja de que el sueño se adueñara de mí para siempre. Era una vida insoportable, terriblemente insoportable. Y no me sentía ni siquiera con resolución para suicidarme, lo cual pensaba yo entonces que sería un remedio. Llegué a temer por mi razón...

—¿Y cómo no consultaste con un especialista? —le dije por decirle algo.

—Tenía miedo, como lo tenía de todo. Y este miedo fue creciendo de tal modo, que llegué a pasarme los días enteros en este cuarto y en este sillón mismo en que ahora estoy sentado, con la puerta cerrada, y volviendo a cada momento la vista atrás. Estaba seguro de que aquello no podía prolongarse y de que se acercaba la catástrofe o lo que fuese. Y en efecto llegó.

Aquí se detuvo un momento y pareció vacilar.

—No te sorprenda el que vacile —prosiguió—, porque lo que vas a oír no me lo he dicho todavía ni a mí mismo. El miedo era ya una cosa que me oprimía por todas partes, que me ponía un dogal al cuello y amenazaba hacerme estallar el corazón y la cabeza. Llegó un día, el 7 de septiembre, en que me desperté en el paroxismo del terror; sentía acorchados cuerpo y espíritu. Me preparé a morir de miedo. Me encerré como todos los días aquí, me senté donde ahora estoy sentado, y empecé a invocar a la muerte. Y es natural, llegó.

Advirtiéndome la mirada, añadió tristemente:

—Sí, ya sé lo que piensas, pero no me importa. Y prosiguió:

—A la hora de estar aquí sentado, con la cabeza entre las manos y los ojos fijos en un punto vago más allá de la superficie de esta mesa, sentí que se abría la puerta y que entraba cautelosamente un hombre. No quise levantar la mirada. Oía los golpes del corazón y apenas podía respirar. El hombre se detuvo y se quedó ahí, detrás de esa silla que ocupas, de pie, y sin duda mirándome. Cuando pasó un breve rato me decidí a levantar los ojos y mirarlo. Lo que entonces pasó por mí fue indecible; no hay para expresarlo palabra alguna en el lenguaje de los hombres que no se mueren sino una sola vez. El que estaba ahí, de pie, delante mío, era yo, yo mismo, por lo menos en imagen. Figúrate que estando delante de un espejo, la imagen que de ti se refleja en el cristal se desprende de este, toma cuerpo y se te viene encima...

—Sí, una alucinación... —murmuré.

—De eso ya hablaremos —dijo, y siguió—: Pero la imagen del espejo ocupa la postura que ocupas y sigue tus movimientos, mientras que aquel mi yo de fuera estaba de pie, y yo, el yo de dentro de mí, estaba sentado. Por fin el otro se sentó también, se sentó donde tú estás sentado ahora, puso los codos sobre

70

la mesa como tú los tienes, se cogió la cabeza, como tú la tienes, y se quedó mirándome como me estás ahora mirando.

Temblé sin poder remediarlo al oírle esto, y él, tristemente, me dijo:

—No, no tengas también tú miedo; soy pacífico —y siguió—: Así estuvimos un momento, mirándonos a los ojos el otro y yo, es decir, así estuve un rato mirándome a los ojos. El terror se había transformado en otra cosa muy extraña y que no soy capaz de definirte; era el colmo de la desesperación resignada. Al poco rato sentí que el suelo se me iba de debajo de los pies, que el sillón se me desvanecía, que el aire iba enrareciéndose, las cosas todas que tenía a la vista, incluso mi otro yo, se iban esfumando, y al oír al otro murmurar muy bajito y con los labios cerrados: ¡Emilio!, sentí la muerte. Y me morí.

Yo no sabía qué hacer al oírle esto. Me dieron tentaciones de huir, pero la curiosidad venció en mí al miedo. Y él continuó:

—Cuando al poco rato volví en mí, es decir, cuando al poco rato volví al otro, o sea resucité, me encontré sentado ahí, donde tú te encuentras ahora sentado y donde el otro se había sentado antes, de codos en la mesa y cabeza entre las palmas contemplándome a mí mismo, que estaba donde ahora estoy. Mi conciencia, mi espíritu, había pasado del uno al otro, del cuerpo primitivo a su exacta reproducción. Y me vi, o vi mi anterior cuerpo, lívido y rígido, es decir, muerto. Había asistido a mi propia muerte. Y se me había limpiado el alma de aquel extraño terror. Me encontraba triste, muy triste, abismáticamente triste, pero sereno y sin temor a nada. Comprendí que tenía que hacer algo; no podía quedar así y aquí el cadáver de mi pasado. Con toda tranquilidad reflexioné lo que me convenía hacer. Me levanté de esa silla, y tomándome el pulso, quiero decir, tomando el pulso al otro, me convencí de que ya no vivía. Salí del cuarto dejándolo aquí encerrado, bajé a la huerta, y con un pretexto me puse a abrir una gran zanja. Ya sabes que siempre me ha gustado hacer ejercicio en la huerta. Despaché a los criados y esperé la noche. Y cuando la noche llegó cargué a mi cadáver a cuestas y lo enterré en la zanja. El pobre perro me miraba con ojos de terror, pero de terror humano; era, pues, su mirada una mirada humana. Le acaricié diciéndole: no comprendemos nada de lo que pasa, amigo, y en el fondo no es esto más misterioso que cualquier otra cosa...

—Me parece una reflexión demasiado filosófica para ser dirigida a un perro —le dije.

—¿Y por qué? —replicó—. ¿O es que crees que la filosofía humana es más profunda que la perruna?

—Lo que creo es que no te entendería.

—Ni tú tampoco, y eso que no eres perro.

—Hombre, sí, yo te entiendo.

—¡Claro, y me crees loco!...

Y como yo callara, añadió:

—Te agradezco ese silencio. Nada odio más que la hipocresía. Y en cuanto a eso de las alucinaciones, he de decirte que todo cuanto percibimos no es otra cosa, y que no son sino alucinaciones nuestras impresiones todas. La diferencia es de orden práctico. Si vas por un desierto consumiéndote de sed y de pronto oyes el murmurar del agua de una fuente y ves el agua, todo esto no pasa de alucinación. Pero si arrimas a ella tu boca y bebes y la sed se te apaga, llamas a esta alucinación una impresión verdadera, de realidad. Lo cual quiere decir que el valor de nuestras percepciones se estima por su efecto práctico. Y por su efecto práctico, efecto que has podido observar por ti mismo, es por lo que estimo lo que aquí me sucedió y acabo de contarte. Porque tú ves bien que yo, siendo el mismo, soy, sin embargo, otro.

—Esto es evidente...

—Desde entonces las cosas siguen siendo para mí las mismas, pero las veo con otro sentimiento. Es como si hubiese cambiado el tono, el timbre de todo. Vosotros creéis que soy yo el que he cambiado y a mí me parece que lo que ha cambiado es todo lo demás.

—Como caso de psicología... —murmuré.

—¿De psicología? ¡Y de metafísica experimental!

—¿Experimental? —exclamé.

—Ya lo creo. Pero aún falta algo. Ven conmigo.

Salimos de su cuarto y me llevó a un rincón de la huerta. Empecé a temblar como un azogado, y él, que me observó, dijo:

—¿Lo ves? ¿Lo ves? ¡También tú! ¡Ten valor, racionalista!

Me percaté entonces de que llevaba un azadón consigo. Empezó a cavar con él mientras yo seguía clavado al suelo por un extraño sentimiento, mezcla de terror y de curiosidad. Al cabo de un rato se descubrió la cabeza y parte de los hombros de un cadáver humano, hecho ya casi esqueleto. Me lo señaló con el dedo diciéndome:

—¡Mírame!

Yo no sabía qué hacer ni qué decir. Volvió a cubrir el hueco. Yo no me movía.

—¿Pero qué te pasa, hombre? —dijo sacudiéndome el brazo.

Creí despertar de una pesadilla. Lo miré con una mirada que debió de ser el colmo del espanto.

—Sí —me dijo—, ahora piensas en un crimen; es natural. ¿Pero has oído tú de alguien que haya desaparecido sin que se sepa su paradero? ¿Crees posible un crimen así sin que se descubra al cabo? ¿Me crees criminal?

—Yo no creo nada —le contesté.

—Ahora has dicho la verdad; tú no crees en nada y por no creer en nada no te puedes explicar cosa alguna, empezando por las más sencillas. Vosotros, los que os tenéis por cuerdos, no disponéis de más instrumentos que la lógica, y así vivís a oscuras...

—Bueno —le interrumpí—, ¿y todo esto qué significa?

—¡Ya salió aquello! Ya estás buscando la solución o la moraleja. ¡Pobres locos! Se os figura que el mundo es una charada o un jeroglífico cuya solución hay que hallar. No, hombre, no; esto no tiene solución alguna, esto no es ningún acertijo ni se trata aquí de simbolismo alguno. Esto sucedió tal cual te lo he contado, y si no me lo quieres creer, allá tú.

Después que Emilio me contó esto y hasta su muerte, volví a verle muy pocas veces, porque rehuía su presencia. Me daba miedo. Continuó con su carácter mudado, pero haciendo una vida regular y sin dar el menor motivo a que se le creyese loco. Lo único que hacía era burlarse de la lógica y de la realidad. Se murió tranquilamente, de pulmonía, y con gran valor. Entre sus papeles dejó un relato circunstanciado de cuanto me había contado y un tratado sobre la alucinación. Para nosotros fue siempre un misterio la existencia de aquel cadáver en el rincón de la huerta, existencia que se pudo comprobar.

En el tratado a que hago referencia sostenía, según me dijeron, que a muchas, a muchísimas personas, les ocurren durante la vida sucesos trascendentales, misteriosos, inexplicables, pero que no se atreven a revelar por miedo a que se les tenga por locos.

«La lógica —dice— es una institución social y la que se llama locura una cosa completamente privada. Si pudiéramos leer en las almas de los que nos rodean veríamos que vivimos envueltos en un mundo de misterios tenebrosos, pero palpables.»

El sencillo don Rafael,
cazador y tresillista

Sentía resbalar las horas, hueras, aéreas, deslizándose sobre el recuerdo muerto de aquel amor de antaño. Muy lejos, detrás de él, dos ojos ya sin brillo entre nieblas. Y un eco vago, como el del mar que se rompe tras la montaña, de palabras olvidadas. Y allá, por debajo del corazón, susurro de aguas soterrañas. Una vida vacía, y él solo, enteramente solo. Solo con su vida.

Tenía para justificarla nada más que la caza y el tresillo. Y no por eso vivía triste, pues su sencillez heroica no se compadecía con la tristeza. Cuando algún compañero de juego, despreciando un solo, iba a buscar una sola carta para dar bola, solía repetir don Rafael que hay cosas que no se debe ir a buscar; vienen ellas solas. Era providencialista; es decir, creía en el todopoderío del azar. Tal vez por creer en algo y no tener la mente vacía.

—¿Y por qué no se casa usted? —le preguntó alguna vez con la boca chica su ama de llaves.

—¿Y por qué me he de casar?

—Acaso no vaya usted descaminado.

—Hay cosas, señora Rogelia, que no se deben ir a buscar: vienen ellas solas.

—¡Y cuando menos se piensa!

—¡Así se dan las bolas! Pero, mire, hay una razón que me hace pensar en ello...

—¿Cuál?

—La de morir tranquilo *ab intestato*.

—¡Vaya una razón! —exclamó el ama, alarmada.

—Para mí la única valedera —respondió el hombre, que presentía no valen las razones, sino el valor que se las da.

Y una mañana de primavera, al salir, con achaque de la caza, a ver nacer el sol, halló un envoltorio en la puerta de su casa. Encorvose a mejor percatarse, y dentro, un ligerísimo susurro como de cosas olvidadas. El rollo se removía. Lo levantó; estaba tibio; lo abrió: era una criatura de horas. Quedósele mirando, y su corazón pareció sentir, no ya el susurro, sino el frescor de sus aguas soterrañas. «¡Vaya una caza que me ha deparado el destino!», pensó. Volviose con el envoltorio en brazos, la escopeta a la bandolera, subiendo las escaleras de puntillas para no despertar a aquello, y llamó quedamente varias veces.

—Aquí traigo esto —le dijo al ama de llaves.

—Y eso, ¿qué es?

—Parece un niño...

—¿Parece solo?...

—Lo dejaron a la puerta de la calle.

—¿Y qué hacemos con ello?

—Pues... ¿qué vamos a hacer? Bien claro está: ¡Criarlo!

—¿Quién?

—Los dos.

—¿Yo? ¡Yo, no!

—Buscaremos ama.

—¿Pero está usted en su juicio, señorito? ¡Lo que hay que hacer es dar parte al juez, y en cuanto a eso, al hospicio con ello!

—¡Pobrecillo! ¡Eso sí que no!

—En fin, usted manda.

Una madre vecina le prestó caritativamente las primeras leches, y pronto el médico de don Rafael encontró una buena nodriza: una chica soltera que acababa de dar a luz un niño muerto.

—Como nodriza, excelente —le dijo el médico—, y como persona, ya ves, un desliz así puede ocurrirle a cualquiera.

—A mí no —contestó con su sencillez característica don Rafael.

—Lo mejor sería —dijo el ama de llaves— que se lo llevase a su casa a criarlo.

—No —replicó don Rafael—; eso tiene graves peligros; no me fío de la madre de la chica. Aquí, aquí, bajo mi vigilancia. Y no hay que darle disgustos a la chica, señora Rogelia, que de ello depende la salud del niño. No quiero que por una sofoquina de Emilia pase el angelito un dolor de tripas.

Era Emilia, la nodriza, de veinte años, alta, agitanada, con una risa perpetua en los ojos, cuya negrura realzaba el marco de ébano del pelo que le cubría las sienes como con dos esponjosas alas de cuervo, entreabiertos y húmedos los labios guinda, y unos andares de gallina a que el gallo ronda.

—¿Y cómo va a bautizarle usted, señorito? —le preguntó la señora Rogelia.

—Como hijo mío.

—Pero, ¿está usted loco?

—¡Qué más da!

—¿Y si mañana, por esa medalla que lleva y esas contraseñas, aparecen sus verdaderos padres?...

—Aquí no hay más padre ni madre que yo. Yo no busco niños, como no busco bolas; pero cuando vienen..., soy libre. Y creo que esta del azar es la más pura y libre de las maternidades. No me cabe la culpa de que haya nacido, pero tendré el mérito de hacerle vivir. Hay que creer en la Providencia, siquiera por creer en algo, que eso consuela, y además, así podré morirme tranquilo *ab intestato*, pues ya tengo quien me herede forzosamente.

La señora Rogelia se mordió los labios, y cuando don Rafael hizo bautizar y registrar al niño como hijo suyo, dio que reír a la vecindad y a nadie que sospechar malicia alguna: tan conocida era su trasparente ingenuidad cotidiana. Y el ama de llaves tuvo, mal de su grado, que avenirse y concordar con el ama de leche.

Ya tenía don Rafael algo más en qué pensar que en la caza y el tresillo; ya estaban sus días llenos. La casa se le llenó de una vida nueva, luminosa y sencilla. Y hasta perdió alguna noche el sueño y el descanso paseando al nene para acallarlo.

—Es hermoso como el sol, señora Rogelia. Y tampoco hemos tenido mala suerte con el ama, me parece.

—Como no vuelva a las andadas...

—De eso me encargo yo. Sería una picardía, una deslealtad: se debe al niño. Pero no, no; está desengañada del zanguango de su novio, un bausán de marca mayor a quien ya aborrece...

—No se fíe usted..., no se fíe usted...

—Y a quien voy a pagarle el pasaje a América. Y ella es una pobrecilla...

—Hasta que vuelva a tener ocasión...

—¡Digo que lo evitaré!

—Pues como ella quiera...

—¡Ah, en cuanto a eso, sí! Porque si he de decirle a usted la verdad, la verdad es que...

—Sí, me la supongo.

—¡Pero ante todo, respeto a mi hijo!

Emilia nada tenía de lerda, y estaba deslumbrada con el rasgo heroicamente sencillo de aquel solterón semidurmiente. Encariñose desde un principio con el crío, como si fuese su madre misma. El padre putativo y la nodriza natural pasábanse largos ratos, a sendos lados de la cuna, contemplando la sonrisa del sueño del niño cuando este hacía como que mamaba.

—¡Lo que es el hambre! —decía don Rafael.

Y cruzábanse sus miradas. Y cuando, teniéndole ella, Emilia, en brazos, iba él, don Rafael a besar al niño, con el beso ya preparado en la boca, rozaba casi la mejilla de la nodriza, cuyos rizos de ébano le afloraban la frente al padre. Otras veces quedábase contemplando alguno de los dos mellizos blancos senos, turgentes de vida que se da, con el serpenteo azul de las venas que del cuello bajaban, y sostenido entre dos ahusados dedos índice y corazón como en horqueta. Doblábase sobre él un cuello da paloma. Y también entonces le entraban ganas de besar al hijo, y su frente, al tocar al seno, hacíalo temblotear.

—¡Ay, lo que siento es que pronto tendré que dejarte, sol mío! —exclamaba ella, apretándolo contra su seno y como si le entendiera.

Callábase a esto don Rafael.

Y cuando le cantaba al niño, abrazándole, aquella vieja canturria paradisíaca que, aun trasmitiéndosela de corazón a corazón las madres, cada una de estas crea e inventa de nuevo, eternamente nueva poesía, siendo la misma siempre, la única, como el sol, traíale a don Rafael como un dejo de su niñez, olvidada en las lontananzas del recuerdo. Balanceábase la cuna, y con ella el corazón del padre, y mejíasele aquel canto...

que viene el cocóóóóó...

con el susurro de las aguas debajo de su corazón...

a llevarse a los niños...

que iba también durmiéndose...

que duermen pocóóóóó...

entre las blandas nieblas de su pasado...

¡ah, ah, ah, aaaah!

«¡Qué buena madre hace!», pensaba.

Alguna vez, hablando del percance que la hizo nodriza, le preguntó don Rafael:

—Pero, chica, ¿cómo pudo ser eso?

—¡Ya ve usted, don Rafael! —y se le encendía leve, muy levemente, el rostro.

—¡Sí, tienes razón, ya lo veo!

Y llegó una enfermedad terrible, días y noches de angustia. Mientras duró aquello hizo don Rafael que Emilia se acostase con el niño en su mismo cuarto.

—Pero, señorito —dijo ella—, ¿cómo quiere usted que yo duerma allí?...

—Pues muy sencillo —contestó él, con su sencillez acostumbrada—, ¡durmiendo!

Porque para aquel hombre, todo sencillez, era sencillo todo.

Por fin el médico dio por salvado al niño.

—¡Salvado! —exclamó don Rafael con el corazón desbordante, y fue a abrazar a Emilia, que lloraba del estupor del gozo.

—¿Sabes una cosa? —le dijo, sin soltar del todo el abrazo, y mirando al niño que sonreía en floración de convalecencia.

—Usted dirá —contestó ella, mientras el corazón se le ponía al galope.

—Que puesto que estamos los dos libres y sin compromiso, pues no creo que pienses ya en aquel majadero, que ni siquiera sabemos si llegó o no a Tucumán, y ya que somos yo padre y tú madre, cada uno a su respecto, del mismo hijo, nos casemos, y asunto concluido.

—¡Pero, don Rafael!... —y se puso de grana.

—Mira, chiquilla, así podremos tener más hijos...

El argumento era algo especioso, pero persuadió a Emilia. Y como vivían juntos y no era cosa de contenerse por unos días fugitivos —¡qué más da!—, aquella misma noche le hicieron sucesor al niño, y muy poco después se casaron como la santa madre Iglesia y el providente Estado mandan.

Y fueron, en lo que en lo humano cabe —¡y no es poco!—, felices, y tuvieron diez hijos más, una bendición de Dios, con lo cual pudo morir tranquilo *ab intestato*, por tener ya quienes forzosamente le heredaran, el sencillo don Rafael, que de cazador y tresillista pasó de dos brincos a padre de familia. Y es lo que él solía decir como resumen de su filosofía práctica:

—¡Hay que dar al azar lo suyo!

Cruce de caminos

Entre dos filas de árboles, la carretera piérdese en el cielo; sestea un pueblecillo junto a un charco, en que el sol cabrillea, y una alondra, señera, trepidando en el azul sereno, dice la verdad mientras todo calla. El caminante va por donde dicen las sombras de los álamos; a trechos para y mira, y sigue luego.

Deja que oree el viento su cabeza blanca de penas y años, y anega sus recuerdos dolorosos en la paz que le envuelve.

De pronto, el corazón le da rebato, y se detiene temblando cual si fuese ante el misterioso final de su existencia. A sus pies, sobre el suelo, al pie de un álamo y al borde del camino, una niña dormía un sueño sosegado y dulce. Lloró un momento el caminante, luego se arrodilló, después sentose, y sin quitar sus ojos de los ojos cerrados de la niña, le veló el sueño. Y él soñaba entre tanto.

Soñaba en otra niña, como aquella, que fue su raíz de vida, y que al morir una mañana dulce de primavera le dejó solo en el hogar, lanzándole a errar por los caminos, desarraigado.

De pronto abrió los ojos hacia el cielo la que dormía, los volvió al caminante y, cual quien habla con un viejo conocido, le preguntó: «¿Y mi abuelo?». Y el caminante respondió: «¿Y mi nieta?». Miráronse a los ojos, y la niña le contó que, al morírsele su abuelo, con quien vivía sola —en soledad de compañía solos—, partió al azar de casa, buscando... no sabía qué... más soledad acaso.

—Iremos juntos; tú a buscar a tu abuelo; yo, a mi nieta —le dijo el caminante.

—¡Es que mi abuelo se murió! —dijo la niña.

—Volverán a la vida y al camino —contestó el viejo.

—Entonces..., ¿vamos?

—¡Vamos, sí, hacia adelante, hacia levante!

—No, que así llegaremos a mi pueblo y no quiero volver, que allí estoy sola. Allí sé el sitio en que mi abuelo duerme. Es mejor al poniente; todo derecho.

—¿El camino que traje? —exclamó el viejo—. ¿Volverme dices? ¿Desandar lo andado? ¿Volver a mis recuerdos? ¿Cara al ocaso? ¡No, eso nunca! ¡No, eso sí que no, antes morirnos!

—¡Pues entonces..., por aquí, entre las flores, por los prados, por donde no hay camino!

Dejando así la carretera fueron campo traviesa, entre floridos campos —magarzas, clavelinas, amapolas—, adonde Dios quisiera.

Y ella, mientras chupaba un chupamieles con sus labios de rosa, le iba contando de su abuelo cómo en las largas veladas invernizas le hablaba de otros mundos, del Paraíso, de aquel diluvio, de Noé, de Cristo...

—¿Y cómo era tu abuelo?

—Casi era como tú, algo más alto...; pero no mucho, no te creas..., viejo..., y sabía canciones.

Calláronse los dos, siguió un silencio y lo rompió el anciano dando a la brisa que iba entre las flores este cantar:

Los caminos de la vida
van del ayer al mañana,
mas los del cielo, mi vida,
van al ayer del mañana.

¡Y al oírle, la niña dio a los cielos, como una alondra, esta fresca canción de primavera!:

Pajarcito, pajarcito,
¿de dónde vienes?
El tu nido, pajarcito,
¿ya no le tienes?

Si estás solo, pajarcito,
¿cómo es que cantas?
¿A quién buscas, pajarcito,
cuando te levantas?

—Así era como tú, algo más chica —dijo llorando el viejo—; así era como tú..., como estas flores...

—¡Cuéntame de ella, pues, cuéntame de ella!

Y empezó el viejo a repasar su vida, a rezar sus recuerdos, y la niña a su vez a ensimismárselos, a hacerlos propios.

«Otra vez...», empezaba él, y ella, cortándole, decía: «¡Lo recuerdo!».

—¿Que lo recuerdas, niña?

—Sí, sí; todo eso me parece cual si fuera algo que me pasó, como si hubiese vivido yo otra vida.

—¡Tal vez! —dijo el anciano, pensativo.

—Allí hay un pueblo: ¡Mira!

Y el caminante vio tras una loma humo de hogares. Luego, al llegar a su espinazo, al fondo, un pueblecillo agazapado en rolde de una pobre espadaña, cuyos dos huecos con sus dos chilejas, cual dos pupilas, parecían mirar al infinito. En el ejido, un zagalejo rubio cuidaba de unos bueyes que bebían en una charca, que, cual si fuese un desgarrón de tierra, mostraba el cielo soterraño; y en este otros dos bueyes —dos bueyes celestiales— que venían a contemplar sus sombras pasajeras o a darles nueva vida acaso.

—Zagal, ¿aquí hay donde hacer noche?, dime —preguntó el viejo.

—¡Ni a posta! —dijo el mozo—. Esa casa de ahí está vacía; sus dueños emigraron, y hoy sirve nada más que de guarida para alimañas. Pan, vino y fuego aquí nunca se niega al que viene de paso en busca de su vida.

—¡Dios os lo pagará, zagal, en la otra!

Durmiéronse arrimados y soñaron: El viejo, en el abuelo de la niña; y ella, en la nietecita que perdiera el pobre caminante. Al despertar miráronse a los ojos, y como en una charca sosegada que nos descubre el cielo soterraño, vieron allí, en el fondo, sus sendos sueños.

—Puesto que hay que vivir, si nos quedáramos en esta casa... ¡La pobre está tan sola! —dijo el viejo.

—Sí, sí; la pobre casa... ¡Mira, abuelo, que el pueblo es tan bonito! Ayer, el campanario de la iglesia nos miraba muy fijo, como yendo a decir...

En este punto sonaron las chilejas. «Padre nuestro que estás en los cielos...» Y la niña siguió: «¡Hágase tu voluntad así en la tierra como en el cielo!». Rezaron a una voz. Y salieron de casa, y les dijeron: «Vosotros, ¿qué sabéis hacer? ¡Veamos!».

El viejo hacía cestas, componía mil cosas estropeadas; sus manos eran ágiles; industrioso su ingenio.

Sentábanse al arrimo de la lumbre: la niña hacía el fuego, y cuidando de la olla le ayudaba. Y hablaban de los suyos, de la otra nieta y de aquel otro abuelo. Y era cual si las almas de los otros, también desarraigadas, errantes por las sendas de los cielos, bajasen al arrimo de la lumbre del nuevo hogar. Y les miraban silenciosas, y eran cuatro y no dos. O más bien eran dos, mas dos parejas. Y así vivían doble vida: la una, vida del cielo, vida de recuerdos, y la otra, de esperanzas de la tierra.

Íbanse por las tardes a la loma, y de espaldas al pueblo veían sobre el cielo destacarse, allá en las lejanías, unos álamos que dicen el camino de la vida. Volvíanse cantando.

Y así pasaba el tiempo hasta que un día —unos

años más tarde— oyó otro canto junto a casa el viejo.

—Dime, ¿quién canta esa canción, María?

—Acaso el ruiseñor de la alameda...

—¡No, que es cantar de mozo!

Ella bajó los ojos.

—Ese canto, María, es un reclamo. Te llama a ti al camino y a mí a morir. ¡Dios os bendiga, niña!

—¡Abuelito! ¡Abuelito! —y le abrazaba, cubríale de besos, le miraba a los ojos cual buscándose.

—¡No, no, que aquella se murió, María! ¡También yo muero!

—No quiero, abuelo, que te mueras; vivirás con nosotros.

—¿Con vosotros me dices? ¿Tu abuelo? Tu abuelo, niña, se murió. ¡Soy otro!

—¡No, no; tú eres mi abuelo! ¿No te acuerdas cuando yo, al despertar sola y contarte cómo escapé de casa, me dijiste: «Volverán a la vida y al camino»? ¡Y volvieron!

—Volvieron al camino, sí, hija mía, y a él nos llama esa canción del mozo. ¡Tú con él, mi María; yo... con ella!

—¡Con ella, no! ¡Conmigo!

—¡Sí, contigo! Pero... ¡con la otra!

—¡Ay mi abuelo, mi abuelo!

—¡Allí te aguardo! ¡Dios os bendiga, pues por ti he vivido!

Muriose aquella tarde el pobre anciano, el caminante que alargó sus días; la niña, con los dedos que cogían flores del campo —magarzas, clavelinas, amapolas— le cerró ambos los ojos, guardadores de ensueño de otro mundo; besole en ellos, lloró, rezó, soñó, hasta que oyendo la canción del camino se fue a quien le llamaba.

Y el viejo fue a la tierra: a beber bajo de ella sus recuerdos.

El amor que asalta

¿Qué es eso del amor, de que están siempre hablando tantos hombres y que es el tema casi único de los cantos de los poetas? Es lo que se preguntaba Anastasio. Porque él nunca sintió nada que se pareciese a lo que llaman amor los enamorados. ¿Sería una mera ficción, o acaso un embuste convencional con que las almas débiles tratan de defenderse de la vaciedad de la vida, del inevitable aburrimiento? Porque, eso sí, para vacuo y aburrido, y absurdo y sin sentido, no había, en sentir de Anastasio, nada como la vida humana.

Arrastraba el pobre Anastasio una existencia lamentable, sin estímulo ni objetivo para el vivir, y cien veces se habría suicidado si no aguardase, con una oscura esperanza a prueba de un continuo desengaño, que también a él le llegase alguna vez a visitar el amor. Y viajaba, viajaba en su busca, por si cuando menos lo pensase le acometía de pronto en una encrucijada del camino.

Ni sentía codicia de dinero, disponiendo de una modesta pero para él más que suficiente fortuna, ni sentía ambición de gloria o de honores, ni anhelo de mando y poderío. Ninguno de los móviles que llevan a los hombres al esfuerzo le parecía digno de esforzarse por él, y no encontraba tampoco el más leve consuelo a su tedio mortal ni en la ciencia, ni en el arte, ni en la acción pública. Y leía el Eclesiastés mientras esperaba la última experiencia, la del amor.

Habíase dado a leer a todos los grandes poetas eróticos, a los analistas del amor entre hombre y mujer, las novelas todas amatorias, y descendió hasta esas obras lamentables que se escriben para los que aún no son hombres del todo y para los que dejaron en cierto modo de serlo: se rebajó hasta escarbar en la literatura pornográfica. Y es claro, aquí encontró menos aún que en otras partes huella alguna del amor.

Y no es que Anastasio no fuese hombre hecho y derecho, cabal y entero, y que no tuviese carne pecadora sobre los huesos. Sí, hombre era como los demás, pero no había sentido el amor. Porque no sabía que fuese amor la pasajera excitación de la carne que olvida la imagen provocadora. Hacer de aquello el terrible dios vengador, el consuelo de la vida, el dueño de las almas, parecíale un sacrilegio, tal como si se pretendiese endiosar al apetito de comer. Un poema sobre la digestión es una blasfemia.

No, el amor no existía en el mundo para el pobre Anastasio. Leyó y releyó la leyenda de *Tristán e Iseo*, y le hizo meditar aquella terrible novela del portugués Camilo Castello Branco: *A mulher fatal*. «¿Me sucederá así? —pensaba—. ¿Me arrastrará tras de sí, cuando menos lo espere, y crea, la mujer fatal?» Y viajaba, viajaba en busca de la fatalidad esta.

«Llegará un día —se decía— en que acabe de perder esta vaga sombra de esperanza de encontrarlo, y cuando vaya a entrar en la vejez sin haber conocido mi mocedad ni edad viril, cuando me diga: ¡Ni he vivido ni puedo ya vivir!, ¿qué haré? Es un terrible sino que me persigue, o es que todos los demás se han conchabado para mentir.» Y dio en pesimista.

Ni jamás mujer alguna le inspiró amor, ni creía haberlo él inspirado. Y encontraba mucho más pavoroso que no poder ser amado el no poder amar, si es que el amor era lo que los poetas cantan. ¿Pero sabía él, Anastasio, si no había provocado pasión escondida alguna en pecho de mujer? ¿No puede acaso encender amor una hermosa estatua? Porque él era, como estatua, realmente hermoso. Sus ojos negros, llenos de un fuego de misterio, parecían mirar desde el fondo tenebroso de un tedio henchido de ansias; su boca se entreabría como por una sed trágica; en todo él palpitaba un destino terrible.

Y viajaba, viajaba desesperado, huyendo de todas partes, dejando caer su mirada en las maravillas del arte y de la naturaleza, y diciéndose: «¿Para qué todo esto?».

Era una tarde serena del tranquilo otoño. Las hojas, amarillas ya, se desprendían de los árboles e iban envueltas en la brisa tibia a restregarse contra la hierba del campo. El sol se embozaba en un cendal de nubes que se desflecaban y deshacían en jirones. Anastasio miraba desde la ventanilla del vagón cómo iban desfilando las colinas. Bajó en la estación de Aliseda, donde daban a los viajeros tiempo para comer, y fuese al comedor de la fonda, lleno de maletas.

Sentose distraídamente y esperó le trajesen la sopa. Mas al levantar los ojos y recorrer con ellos distraídamente la fila de los comensales, tropezaron con los de una mujer. En aquel momento metía ella un pedazo de manzana en su boca, grande, fresca y húmeda. Claváronse uno a otro las miradas y palidecieron. Y al verse palidecer palidecieron más aún. Palpitábanles los pechos. La carne le pesaba a Anastasio; un cosquilleo frío le desasosegaba.

Ella apoyó la cara en la diestra y pareció que le daba un vahído. Anastasio entonces, sin ver en el recinto nada más que a ella, mientras el resto del comedor se le esfumaba, se levantó tembloroso, se le acercó, y con voz seca, sedienta, ahogada y temblona, le cuchicheó casi al oído:

—¿Qué le pasa? ¿Se pone mala?

—¡Oh, nada, nada; no es nada...; gracias!

—A ver... —añadió él, y con la mano temblona le cogió el puño para tomarle el pulso.

Fue entonces una corriente de fuego que pasó del uno al otro. Sentíanse mutuamente los calores; las mejillas se les encendieron.

—Está usted febril... —suspiró él balbuciente y con voz apenas perceptible.

—¡La fiebre es... tuya! —respondió ella, con voz que parecía venir del otro mundo, de más allá de la muerte.

Anastasio tuvo que sentarse; las rodillas se le doblaban al peso del corazón, que le tocaba a rebato.

—Es una imprudencia ponerse así en camino —dijo él, hablando como por máquina.

—Sí, me quedaré —contestó ella.

—Nos quedaremos —añadió él.

—Sí, nos quedaremos... ¡Y ya te contaré; te lo contaré todo! —agregó la mujer.

Recogieron sus maletas, tomaron un coche y emprendieron la marcha al pueblo de Aliseda, que dista cinco kilómetros de su estación. Y en el coche, sentados el uno frente al otro, tocándose las rodillas, mejiendo sus miradas, le cogió la mujer a Anastasio las manos con sus manos y fue contándole su historia. La historia misma de Anastasio, exactamente la misma. También ella viajaba en busca del amor; también ella sospechaba que no fuese todo ello sino un enorme embuste convencional para engañar al tedio de la vida.

Confesáronse uno a otro, y según se confesaban iban sus corazones aquietándose. A la trágica turbación de un principio sucedió en sus almas un reposo terrible, algo como un deshacimiento. Imaginábanse haberse conocido de siempre, desde antes de nacer; pero a la vez todo el pasado se borraba de sus memorias, y vivían como un presente eterno, fuera del tiempo.

—¡Oh, que no te hubiese conocido antes, Eleuteria! —le decía él.

—¿Y para qué, Anastasio? —respondió ella—. Es mejor así, que no nos hayamos visto antes.

—¿Y el tiempo perdido?

—¿Perdido le llamas a ese tiempo que empleamos en buscarnos, en anhelarnos, en desearnos el uno al otro?

—Yo había desesperado ya de encontrarte...

—No, pues si hubieses desesperado de ello, te habrías quitado la vida.

—Es verdad.

—Y yo habría hecho lo mismo.

—Pero ahora, Eleuteria, de hoy en adelante...

—¡No hables del porvenir, Anastasio; bástenos el presente!

Los dos callaron. Por debajo del arrobamiento que les embargaba sonaba extraño rumor de aguas de abismo sin fondo. No era alegría, no era gozo lo que sobrenadaba en la seriedad trágica que les envolvía.

—No pensemos en el porvenir —reanudó ella—; ni en el pasado tampoco. Olvidémonos de uno y de otro. Nos hemos encontrado, hemos encontrado el amor, y basta. Y ahora Anastasio, ¿qué me dices de los poetas?

—Que mienten, Eleuteria, que mienten, sí; el amor no es lo que ellos cantan...

—Tienes razón, Anastasio; ahora siento que el amor no se canta.

Y siguió otro silencio, un silencio largo, en que, cogidos de las manos, estuvieron mirándose a los ojos y como buscándose en el fondo de ellos el secreto de sus destinos.

Y luego empezaron a temblar.

—¿Tiemblas, Anastasio?

—¿Y también tú, Eleuteria?

—Sí, temblamos los dos.

—¿De qué?

—De felicidad.

—Es cosa terrible esta felicidad; no sé si podré resistirla.

—Mejor, porque eso querrá decir que es más fuerte que nosotros.

Encerráronse en un sórdido cuarto de una vulgarísima fonda. Pasó todo el día siguiente y parte del otro sin que dieran señal alguna de vida, hasta que, alarmado el fondista y sin obtener respuesta a sus llamadas, forzó la puerta. Encontráronles en el lecho, juntos, desnudos y fríos y blancos como la nieve. El perito médico aseguró que no se trataba de suicidio, como así era en efecto, y que debían de haberse muerto del corazón.

—¿Pero los dos? —exclamó el fondista.

—¡Los dos! —contestó el médico.

—¡Entonces eso es contagioso!... —y se llevó la mano al lado izquierdo del pecho, donde suponía tener su corazón de fondista. Intentó ocultar el suceso, para no desacreditar su establecimiento, y acordó fumigar el cuarto, por si acaso.

No pudieron ser identificados los cadáveres. Desde allí los llevaron al cementerio y desnudos y juntos, como fueron hallados, echáronlos en una misma huesa y encima tierra. Sobre esta tierra ha crecido hierba y sobre la hierba llueve. Y es así el cielo, el que les llevó a la muerte, el único que sobre la tumba llora.

El fondista de Aliseda, reflexionando sobre aquel suceso increíble —nadie tiene más imaginación que la realidad, se decía—, llegó a una profunda conclusión de carácter médico legal, y es que se dijo: «¡Estas lunas de miel!... No se debía permitir que los cardíacos se casasen entre sí».

En manos de la cocinera

Cuentos del azar

¡Gracias a Dios que iba, por fin, a concluírsele aquella vacua existencia de soltero y a entrar en una nueva vida, o más bien entrar en vida de veras! Porque el pobre Vicente no podía ya tolerar más tiempo su soledad. Desde que se le murió la madre vivía solo, con su criada. Esta, la criada, le cuidaba bien; era lista, discreta, solícita y, sin ser precisamente guapa, tenía unos ojillos que alegraban la cara, pero... No, no era aquello; así no se podía vivir.

Y la novia, Rosaura, era un encanto. Alta, recia, rubia, pisando como una diosa, con la frente cara a cara al cielo siempre. Tenía una boca que daba ganas de vivir el mirarla. Su hermosura toda era el esplendor de la salud.

Eso sí, una cosa encontró en ella Vicente que, aunque ayudaba a encenderle el deseo, le enfriaba por otra parte el amor, y era la reserva de Rosaura.

Jamás logró de ella ciertas familiaridades, en el fondo inocentes, que se permiten los novios. Jamás consiguió que le diese un beso.

«Después, después que nos casemos, todos los que quieras», le decía. Y Vicente para sí: «¡Todos los que quieras!... ¿No es este un modo de desdeñarlos? ¿No es como quien dice: "Para lo que me van a costar"?...». Vicente presentía que solo valen las caricias que cuestan.

¿Le quería Rosaura? ¿Es que de veras le quería? ¡Era tan terriblemente discreta! ¡Estaba tan sobre sí! Toda su preocupación parecía no ser otra que la de hacerse valer, la de hacerse respetar. Y a ello parece le movían más aun los consejos de su madre, de la futura suegra de Vicente, una matrona insoportable con sus pretensiones aristocráticas. Delante de la buena señora no se podía hablar de las dos terceras partes de las cosas de que merece hablarse; delante de ella no se les podía llamar a las enfermedades por su nombre. Y era ella, sin duda; era aquella madre profesional la que decía a Rosaura: «Hija mía, hazte respetar». Ella, por su parte, pareció no haber conocido sino el respeto de su marido, del padre de Rosaura, que se murió de aburrimiento.

¿Le quería Rosaura? Pero... ¡era tan hermosa! Con brillar tanto sus ojos, brillaban más aún sus labios, aquellos labios de color encendido y frescos que daban ganas da respirar más fuerte y más hondo a quien los miraba.

Estaba ya encima el día de la boda. Ignacia, la criada, le había dicho a Vicente:

—Señorito, aunque usted se case, yo seguiré en la casa...

—¡Pues no faltaba más, Ignacia!

—Pero, ¿y si la señorita quiere traer otra?...

—No, no lo querrá.

—Qué sé yo...

Y la pobre chica se quedó pensando que no habría de ser compatible con aquella señorita tan aseñoritada.

Todo estaba dispuesto para el día de la boda, cuando he aquí que la víspera se cae Vicente del caballo y se rompe una pierna. El médico dijo que no podía levantarse lo menos en un mes.

En casa de la novia el accidente causó irritación. ¡Ahora que estaba dispuesto ya todo, hecho todo el gasto!, exclamaba la señora.

—La cosa es bien sencilla —dijo el padrino de Vicente—; va la novia a casa del novio y se casan allí...

—¿Cómo? —exclamó la señora—. ¿Estando él en cama?

—Naturalmente; no veo dificultad alguna en que se verifique una boda hallándose acostado uno de los contrayentes. Pueden muy bien darse las manos y los votos. Y como la muchacha ha de quedarse luego allí...

—Mi hija no va a casarse a casa del novio, y menos hallándose él en cama y con la pierna rota...

Rosaura pensaba en tanto que acaso su novio se quedase cojo para siempre.

El pobre Vicente sufrió más aún que con la rotura de su pierna con la conducta de su prometida.

Fue a visitarle, sí, pero como por compromiso. Esperaba que hubiese accedido a que se casaran desde luego, o que, por lo mismo, hubiese ido a servirle de enfermera. Y así se lo insinuó.

—¡De enfermera! —exclamó la señora madre—, ¡pero ese hombre está loco! ¿Qué idea tendrá de mi hija? Ir una muchacha soltera a cuidar a un soltero, aunque sea su novio formal y en las condiciones de este, que se ha roto una pierna. ¡Qué indelicadeza de sentimientos!... En fin, hay cosas que si no se maman...

No le quedó al pobre Vicente otro recurso y otro consuelo que la pobre Ignacia. La chica redoblaba de solicitud y de cariño. Hacíale curas y se las hacía con una casta serenidad, como una sacerdotisa. Vicente procuraba no quejarse. Y de hecho, cuando la pobre criada le renovaba los vendajes o le arreglaba la postura de la pierna, no parecían sus manos ni aun manos de mujer, sino alas de ángel por lo suaves.

—Qué largo va esto, Ignacia...

—Tenga paciencia, señorito, que dice el médico que ha de quedar como nuevo, sin cojera alguna, y la señorita Rosaura le espera...

—Me espera..., me espera...

—Ayer la volví a encontrar y me estuvo preguntando con mucha solicitud por usted...

—Preguntando..., preguntando...

La curación fue más rápida de lo que los médicos habían supuesto. Muy pronto pudo levantarse Vicente; apoyado en un fuerte bastón, y dar algunos pasos por la casa. Y mandó decir que estaba dispuesto a acudir así a la iglesia, a casarse. La futura suegra le contestó que no había prisa, que era mejor esperar a que estuviese repuesto del todo.

Por fin, se fijó para un nuevo plazo la boda. Los médicos aseguraban que para entonces Vicente andaría solo, sin bastón y como antes del accidente. Pero el pobre hombre se sentía triste. Aparecíasele la boda como un sacrificio. Era hombre de palabra.

Tres días antes del nuevo señalado para el sacrificio se le presentó Ignacia, y toda confusa, ruborosa, como nunca la había visto, y le dijo:

—Señorito, siento tener que decirle...

—¿Qué?

—Que yo me voy de la casa —y se echó a llorar.

—¿Cómo que te vas?

—Sí; como el señorito va a casarse...

—¿Pero no quedamos en que te quedarías tú de criada nuestra?

—Quedamos, sí, en eso usted y yo; pero no ella, no la señorita...

—¿Qué? ¿Te ha dicho algo?

—No, no me ha dicho nada; pero sé de fijo que no podremos estar mucho tiempo juntas...

—¿Y por qué?

—Porque le he cuidado yo al señorito en su enfermedad, yo y no ella...

—¿Y eso qué tiene que ver?

—Sí, tiene que ver. Yo sé lo que me digo. Ella, una señorita, y una señorita que se iba a casar con usted, de quien está usted enamorado, ella no podía... no debía venir a cuidarle, mientras que yo...

—Sí, tú eres la criada.

—Eso.

Bajó la cabeza, ensombreciéndosele, Vicente, y al poco rato la levantó, fijó sus ojos claros en los ojos claros de su criada, y lentamente le dijo:

—Tienes razón, Ignacia; comprendo tus razones, o mejor, tus sentimientos, y participo de tus temores. Mi novia, mi futura esposa y tú seréis incompatibles en esta casa. Aunque no fuese más te echaría su señora madre, la de la delicadeza de sentimientos. Y tienes razón; ella, la que se hizo respetar, no pudo, no debió venir a cuidarme; eso era menester tuyo, de la criada. Y tú lo has cumplido con una devoción que no sé si encontraré en ella cuando... sea mi mujer. Sois incompatibles, y como yo no quiero separarme de mi enfermera, renuncio a ella, a Rosaura, y me caso, pero... contigo... ¿Lo quieres?

La pobre chica se echó a llorar.

Y se casó Vicente; pero se casó con su enfermera, con la que nunca soñó en hacerse respetar. Y no soñó en ello por respeto al amor, al grande y callado amor a su amo, a aquel amor sencillo y recogido, que hizo de sus manos de fregadora alas de ángel para manejar como con plumas la pierna rota de su amo.

Y la señora madre de Rosaura, la exfutura suegra de Vicente, se quedó diciendo a su hija por vía de consuelo:

—No has perdido nada, hija mía; siempre sospeché de la ordinariez de sentimientos y de gustos de ese sujeto...

Redondo, el contertulio

A mis compatriotas de tertulia.

Más de veinte años hacía que faltaba Redondo de su patria, es decir, de la tertulia en que transcurrieron las mejores horas, las únicas que de veras vivió, de su juventud larga. Porque para Redondo la patria no era ni la nación, ni la región, ni la provincia, ni aun la ciudad en que había nacido, criádose y vivido; la patria era para Redondo aquel par de mesitas de mármol blanco del café de la Unión, en la rinconera del fondo de la izquierda, según se entra, en torno a las cuales se había reunido día a día, durante más de veinte años, con sus amigos, para pasar en revista y crítica todo lo divino y lo humano y aun algo más.

Al llegar Redondo a los cuarenta y cuatro años encontrose con que su banquero le arruinó, y le fue forzoso ponerse a trabajar. Para lo cual tuvo que ir a América, al lado de un tío poseedor allí de una vasta hacienda. Y a la América se fue añorando su patria, la tertulia de la rinconera del café de la Unión, suspirando por poder un día volver a ella, casi llorando. Evitó el despedirse de sus contertulios, y una vez en América hasta rompió toda comunicación con ellos. Ya que no podía oírlos, verlos, convivir con ellos, tampoco quiso saber de su suerte. Rompió toda comunicación con su patria, recreándose en la idea de encontrarla de nuevo un día, más o menos cambiada, pero la misma siempre.

Y repasando en su memoria a sus compatriotas, es decir, a sus contertulios, se decía: ¿Qué nuevo colmo habrá inventado Romualdo? ¿Qué fantasía nueva el Patriarca? ¿Qué poesía festiva habrá leído Ortiz el día del cumpleaños de Henestrosa? ¿Qué mentira, más gorda que todas las anteriores, habrá llevado Manolito? Y así lo demás.

Vivió en América pensando siempre en la tertulia ausente, suspirando por ella, alimentando su deseo con la voluntaria ignorancia de la suerte que corriera. Y pasaron años y más años, y su tío no le dejaba volver. Y suspiraba silenciosa e íntimamente. No logró hacerse allí una patria nueva, es decir, no encontró una nueva tertulia que le compensase de la otra. Y siguieron pasando años hasta que su tío se murió, dejándole la mayor parte de su cuantiosa fortuna y lo que valía más que ella, libertad de volverse a su patria, pues en aquellos veinte años no le permitió un solo viaje. Encontrose, pues, Redondo, libre, realizó su fortuna y henchido de ansias volvió a su tierra natal.

¡Con qué conmoción de las entrañas se dirigió por primera vez, al cabo de más de veinte años, a la rinconera del café de la Unión, a la izquierda del fondo, según se entra, donde estuvo su patria! Al entrar en el café el corazón le golpeaba el pecho, flaqueábanle las piernas. Los mozos o eran o se habían vuelto otros; ni les conoció ni le conocieron. El encargado del despacho era otro. Se acercó al grupo de la rinconera; ni Romualdo el de los colmos, ni el Patriarca, ni Henestrosa, ni Ortiz el poeta festivo, ni el embustero de Manolito, ni don Moisés, ni... ¡ni uno solo siquiera de los suyos! ¡Todos, otros, todos nuevos, todos más jóvenes que él, todos desconocidos! Su patria se había hundido o se había trasladado a otro suelo. Y se sintió solo, desoladoramente solo, sin patria, sin hogar, sin consuelo de haber nacido. ¡Haber soñado y anhelado y suspirado más de veinte años en el destierro para esto! Volviose a casa, a un hogar frío de alquiler, sintiendo el peso de sus sesenta y ocho años, sintiéndose viejo. Por primera vez miró hacia adelante y sintió helársele el corazón al prever lo poco que le quedaba ya de vida. ¡Y de qué vida! Y fue para él la noche de aquel día noche insomne, una noche trágica en que sintió silbar a sus oídos el viento del valle de Josafat.

Mas a los dos días, cabizbajo, alicaído de corazón, como sombra de amarilla hoja de otoño que arranca del árbol el cierzo, se acercó a la rinconera del café de la Unión y se sentó en la tercera de las mesitas de mármol, junto al suelo de la que fue su patria. Y prestó oído a lo que conversaban aquellos hombres nuevos, aquellos bárbaros invasores. Eran casi todos jóvenes; el que más tendría cincuenta y tantos años.

De pronto uno de ellos exclamó: «Esto me recuerda uno de los colmos del gran don Romualdo». Al oírlo, Redondo, empujado por una fuerza íntima, se levantó, acercose al grupo y dijo:

—Dispensen, señores míos, la impertinencia de un desconocido, pero he oído a ustedes mentar el nombre de don Romualdo el de los colmos, y deseo saber si se refieren a don Romualdo Zabala, que fue mi mayor amigo de la niñez.

—El mismo —le contestaron.

—¿Y qué se hizo de él?

—Murió hace ya cuatro años.

—¿Conocieron ustedes a Ortiz, el poeta festivo?

—Pues no habíamos de conocerle, si era de esta tertulia.

—¿Y él?

—Murió también.

—¿Y el Patriarca?

—Se marchó y no ha vuelto a saberse de él cosa alguna.

—¿Y Henestrosa?

—Murió.

—¿Y don Moisés?

—No sale ya de casa; ¡está paralítico!

—¿Y Manolito el embustero?

Y murió también...

—¡Murió..., murió..., se marchó y no se sabe de él..., está en casa paralítico... y yo vivo todavía!... ¡Dios mío! ¡Dios mío! —y se sentó entre ellos llorando.

Hubo un trágico silencio, que rompió uno de los nuevos contertulios, de los invasores, preguntándole:

—Y usted, señor nuestro, ¿se puede saber...?

—Yo soy Redondo...

—¡Redondo! —exclamaron casi todos a coro—. ¿El que se fue a América arruinado por su banquero? ¿Redondo, de quien no volvió a saberse nada? ¿Redondo, que llamaba a esta tertulia su patria? ¿Redondo, que era la alegría de los banquetes? ¿Redondo, el que cocinaba, el que tocaba la guitarra, el especialista en contar cuentos verdes?

El pobre Redondo levantó la cabeza, miró en derredor, se le resucitaron los ojos, empezó a vislumbrar que la patria renacía, y con lágrimas aún, pero con otras lágrimas, exclamó:

—¡Sí, el mismo, el mismo Redondo!

Le rodearon, le aclamaron, le nombraron padre de la patria, y sintió entrar en su corazón desfallecido los ímpetus de aquellas sangres juveniles. Él, el viejo, invadía, a su vez, a los invasores.

Y siguió asistiendo a la tertulia, y se persuadió de que era la misma, exactamente la misma, y que aún vivían en ella, con los recuerdos, los espíritus de sus fundadores. Y Redondo fue la conciencia histórica de la patria. Cuando decía: «Esto me recuerda un colmo de nuestro Romualdo...»; todos a una: «¡Venga! ¡Venga!». Otras veces: «Ortiz, con su habitual gracejo, decía una vez...». Otras veces: «Para mentira, aquella de Manolito». Y todo era celebradísimo.

Y aprendió a conocer a los nuevos contertulios y a quererlos. Y cuando él, Redondo, colocaba alguno de los cuentos verdes de su repertorio, sentíase reverdecer, y cocinó en el primer banquete, y tocó, a sus sesenta y nueve años, la guitarra, y cantó. Y fue un canto a la patria eterna, eternamente renovada.

A uno de los nuevos contertulios, a Ramonete, que podría ser casi su nieto, cobró singular afecto Redondo. Y se sentaba junto a él, y le daba golpecitos en la rodilla, y celebraba sus ocurrencias. Y solía decirle: «¡Tú, tú eres, Ramonete, el principal ornato de la patria!». Porque tuteaba a todos. Y como el bolsillo de Redondo estaba abierto para todos los compatriotas, los contertulios, a él acudió Ramonete en no pocas apreturas.

Ingresó en la tertulia un nuevo parroquiano, sobrino de uno de los habituales, un mozalbete decidor y algo indiscreto, pero bueno y noble; mas al viejo Redondo le desplació aquel ingreso; la patria debía estar cerrada. Y le llamaba, cuando él no le oyera, el Intruso. Y no ocultaba su recelo al intruso, que en cambio veneraba, como a un patriarca, al viejo Redondo.

Un día faltó Ramonete, y Redondo, inquieto como ante una falta, preguntó por él. Dijéronle que estaba malo. A los dos días, que había muerto. Y Redondo le lloró; le lloró tanto como habría llorado a un nieto. Y llamando al Intruso, le hizo sentar a su lado y le dijo:

—Mira, Pepe, yo, cuando ingresaste en esta tertulia, en esta patria, te llamé el Intruso, pareciéndome tu entrada una intrusión, algo que alteraba la armonía. No comprendí que venías a sustituir al pobre Ramonete, que antes que uno muera y no después nace muchas veces el que ha de hacer sus veces, que no vienen unos a llenar el hueco de otros, sino que nacen unos para echar a los otros. Y que hace tiempo nació y vive el que haya de llenar mi puesto. Ven acá, siéntate a mi lado; nosotros dos somos el principio y el fin de la patria.

Todos aclamaron a Redondo.

Un día prepararon, como hacían tres o cuatro veces al año, una comida en común, un ágape, como lo llamaban. Presidía Redondo, que había preparado uno de los platos en que era especialista. La fiesta fue singularmente animada, y durante ella se citaron colmos del gran Romualdo, se recitó una poesía festiva de Ortiz, se contaron embustes de Manolito, se dedicó un recuerdo a Ramonete. Cuando al cabo fueron a despertar a Redondo, que parecía haber caído presa del sueño —cosa que le ocurría a menudo—, encontráronle muerto. Murió en su patria, en fiesta patriótica.

Su fortuna se la legó a la tertulia, repartiéndola entre los contertulios todos, con la obligación de celebrar un cierto número de banquetes al año y rogando se dedicara un recuerdo a los gloriosos fundadores de la patria. En el testamento ológrafo, curiosísimo documento, acababa diciendo: «Y despido a los que me han hecho viviera la vida, emplazándoles para la patria celestial, donde en un rincón del café de la Gloria, según se entra a mano izquierda, les espero».

Mecanópolis

Leyendo en *Erewhon*, de Samuel Butler, lo que nos dice de aquel erewhoniano que escribió el «Libro de las máquinas», consiguiendo con él que se desterrasen casi todas de su país, hame venido a la memoria el relato del viaje que hizo un amigo mío a Mecanópolis, la ciudad de las máquinas. Cuando me lo contó temblaba todavía del recuerdo, y tal impresión le produjo, que se retiró luego durante años a un apartado lugarejo en el que hubiese el menor número posible de máquinas.

Voy a tratar de reproducir aquí el relato de mi amigo, y con sus mismas palabras, a poder ser.

Llegó un momento en que me vi perdido en medio del desierto; mis compañeros, o habían retrocedido, buscando salvarse, como si supiéramos hacia dónde estaba la salvación, o habían perecido de sed y de fatiga. Me encontré solo y casi agonizando de sed.

115

Me puse a chupar la sangre negrísima que de los dedos me brotaba, pues los tenía en carne viva por haber estado escarbando con las manos desnudas el árido suelo, con la loca esperanza de alumbrar alguna agua en él. Cuando ya me disponía a acostarme en el suelo y cerrar los ojos al cielo, implacablemente azul, para morir cuanto antes y hasta procurarme la muerte conteniendo la respiración o enterrándome en aquella tierra terrible, levanté los desmayados ojos y me pareció ver alguna verdura a lo lejos: «Será un ensueño de espejismo», pensé; pero fui arrastrándome.

Fueron horas de agonía; mas cuando llegué, encontreme, en efecto, en un oasis. Una fuente restauró mis fuerzas, y después de beber comí algunas sabrosas y suculentas frutas que los árboles brindaban liberalmente. Luego me quedé dormido.

No sé cuántas horas estaría durmiendo, y si fueron horas, o días, o meses, o años. Lo que sé es que me levanté otro, enteramente otro. Los horrendos padecimientos habíanse borrado de la memoria o poco menos. «¡Pobrecillos!», me dije al recordar a mis compañeros de exploración muertos en la empresa. Me levanté, volví a comer fruta y beber agua, y me dispuse a recorrer el oasis. Y he aquí que a los pocos pasos me encuentro con una estación de ferrocarril, pero enteramente desierta. No se veía un alma en ella. Un tren, también desierto, sin maquinista ni fogonero, estaba humeando. Ocurrióseme subir, por curiosidad, a uno de sus vagones. Me senté en él; cerré, no sé por qué, la portezuela, y el tren se puso en marcha. Experimenté un loco terror y me entraron ganas de arrojarme por la ventanilla. Pero diciéndome: «Veamos en qué para esto», me contuve.

Era tal la velocidad del tren, que ni podía darme cuenta del paisaje circunstante. Tuve que cerrar las ventanillas. Era un vértigo horrible. Y cuando el tren al cabo se paró, encontreme en una magnífica estación muy superior a cuantas por acá conocemos. Me apeé y salí.

Renuncio a describirte la ciudad. No podemos ni soñar todo lo que de magnificencia, de suntuosidad, de comodidad y de higiene estaba allí acumulado. Por cierto que no me daba cuenta para qué todo aquel aparato de higiene, pues no se veía ser vivo alguno. Ni hombres, ni animales. Ni un perro cruzaba la calle; ni una golondrina, el cielo.

Vi en un soberbio edificio un rótulo que decía: *Hotel*, escrito así, como lo escribimos nosotros, y allí me metí. Completamente desierto. Llegué al comedor. Había en él dispuesta una muy sólida comida. Una lista sobre la mesa, y cada manjar que en ella figuraba con su número, y luego un vasto tablero con botones numerados. No había sino tocar un botón y surgía del fondo de la mesa el plato que se deseara.

Después de haber comido salí a la calle. Cruzábanla tranvías y automóviles, todos vacíos. No había sino acercarse, hacerles una seña y paraban. Tomé un automóvil y me dejé llevar. Fui a un magnífico parque geológico, en que se mostraban los distintos terrenos, todo con sus explicaciones en cartelitos. La explicación estaba en español, solo que con ortografía fonética. Salí del parque; vi que pasaba un tranvía con este rótulo: «Al Museo de Pintura», y lo tomé. Había allí todos los cuadros más famosos y en sus verdaderos originales. Me convencí de que cuantos tenemos por acá, en nuestros museos, no son sino reproducciones muy hábilmente hechas. Al pie de cada cuadro una doctísima explicación de su valor histórico y estético, hecha con la más exquisita sobriedad. En media hora de visita allí aprendí sobre pintura más que en doce años de estudio por aquí. Por una explicación que leí en un cartel de la entrada vi que en Mecanópolis se consideraba al Museo de Pintura como parte del Museo Paleontológico. Era para estudiar los productos de la raza humana que había poblado aquella tierra antes que las máquinas la suplantaran. Parte de la cultura paleontológica de los mecanopolitas —¿quiénes?— eran también la sala de música y las más de las bibliotecas, de que estaba llena la ciudad.

¿A qué he de molestarte más? Visité la gran sala de conciertos, donde los instrumentos tocaban solos. Estuve en el Gran Teatro. En un cine acompañado de fonógrafo, pero de tal modo, que la ilusión era completa. Pero me heló el alma el que yo era el único espectador. ¿Dónde estaban los mecanopolitas?

Cuando a la mañana siguiente me desperté en el cuarto de mi hotel, me encontré, en la mesilla de noche, *El Eco de Mecanópolis*, con noticias de todo el mundo recibidas en la estación de telegrafía sin hilos. Allá, al final, traía esta noticia: «Ayer tarde arribó a nuestra ciudad, no sabemos cómo, un pobre hombre de los que aún quedaban por ahí. Le auguramos malos días».

Mis días, en efecto, empezaron a hacérseme torturantes. Y es que empecé a poblar mi soledad de fantasmas. Es lo más terrible de la soledad, que se puebla al punto. Di en creer que todas aquellas máquinas, aquellos edificios, aquellas fábricas, aquellos artefactos, eran regidos por almas invisibles, intangibles y silenciosas. Di en creer que aquella gran ciudad estaba poblada de hombres como yo, pero que iban y venían sin que los viese ni los oyese ni tropezara con ellos. Me creí víctima de una terrible enfermedad, de una locura. El mundo invisible con que poblé la soledad humana de Mecanópolis se me convirtió en una martirizadora pesadilla. Empecé a dar voces, a increpar a las máquinas, a suplicarlas. Llegué hasta caer de rodillas delante de un automóvil, implorando de él misericordia. Estuve a punto de arrojarme en una caldera de acero hirviente de una magnífica fundición de hierro.

Una mañana, al despertarme, aterrado, cogí el periódico, a ver lo que pasaba en el mundo de los hombres, y me encontré con esta noticia: «Como preveíamos, el pobre hombre que vino a dar, no sabemos cómo, a esta incomparable ciudad de Mecanópolis, se está volviendo loco. Su espíritu, lleno de preocupaciones ancestrales y de supersticiones respecto al mundo invisible, no puede hacerse al espectáculo del progreso. Le compadecemos».

No pude ya resistir esto de verme compadecido por aquellos misteriosos seres invisibles, ángeles o demonios —que es lo mismo—, que yo creía que habitaban Mecanópolis. Pero de pronto me asaltó una idea terrible, y era la de que las máquinas aquellas tuviesen su alma, un alma mecánica, y que eran las máquinas mismas las que me compadecían. Esta idea me hizo temblar. Creí encontrarme ante la raza que ha de dominar la tierra deshumanizada.

Salí como loco y fui a echarme delante del primer tranvía eléctrico que pasó. Cuando desperté del golpe me encontré de nuevo en el oasis de donde partí. Eché a andar, llegué a la tienda de unos beduinos, y al encontrarme con uno de ellos, le abracé llorando. ¡Y qué bien nos entendimos aun sin entendernos! Me dieron de comer, me agasajaron, y a la noche salí con ellos, y tendidos en el suelo, mirando al cielo estrellado, oramos juntos. No había máquina alguna en derredor nuestro.

Y desde entonces he concebido un verdadero odio a eso que llamamos progreso, y hasta a la cultura, y ando buscando un rincón donde encuentre un semejante, un hombre como yo, que llore y ría como yo río y lloro, y donde no haya una sola máquina y fluyan todos los días con la dulce mansedumbre cristalina de un arroyo perdido en el bosque virgen.

Del odio a la piedad

El viaje aquel de Toribio a Madrid fue un viaje terrible: no podía quitar de la cabeza la innoble figura de aquel Campomanes que tanta guerra le había dado en su pueblo. ¡Campomanes! Cifra de todo lo que estorba. Toribio le atribuía todas las cualidades vulgares que más odiaba, y se complacía en no suponerle mala intención ni perfidia. «¿Pérfido? ¿Mal intencionado Campomanes? ¡Eso quisiera él, majadero, nada más que majadero!», se decía Toribio sin poder pegar ojo.

Sacó los guantes y se los iba a poner; pero pensó entonces: «Unos guantes así gasta Campomanes... Voy a parecer un elegante...». Y no se los puso.

Llegó a Madrid, y con él, en su cabeza, la innoble figura de Campomanes.

Aquella misma tarde fue al antiguo café; allí, charlando de todo, olvidaría sus penas y se olvidaría de Campomanes.

Cuando llegó él al café aún no habían llegado sus

amigos. En la mesa contigua estaba un hombre solo, fumando un puro. Toribio le contemplaba pensando en Campomanes.

Llegaron sus amigos y los del vecino, se formó en cada mesa un corrillo y se revolvió en una y otra todo lo humano y lo divino.

Toribio continuó asistiendo al antiguo café. Casi todos los días era el primero que llegaba, y casi todos encontraba en la mesa contigua al mismo vecino, siempre solo y siempre fumando su puro. Le tomó una feroz antipatía, que se convirtió en odio feroz. No le conocía, no sabía quién era, ni qué era. Ni qué hacía, ni qué decía; no sabía de él nada, nada más sino que él, Toribio, le odiaba con toda su alma.

«Pero, señor —se decía—, ¿por qué me carga este hombre?» Y para razonar su odio y justificarlo fue inventando, sin darse cuenta de lo que hacía, mil pretextillos. «¡Qué manera tan presuntuosa de fumar el puro! ¡Qué desdén en la mirada! ¡Qué rostro abotagado! ¡Qué sello de imbecilidad en el traje! ¡Cómo me mira..., me aborrece, nos hemos comprendido!» Y todo esto era mentira, y Toribio lo sabía; no había tal presunción, ni tal desdén, ni tal rostro, ni mucho menos aborrecimiento alguno.

«¡Y ni saluda al entrar!»... Él tampoco saludaba.

En fuerza de repetirse los pretextos acabó por creerlos, se los sugirió como verdaderos y se convenció de que el vecino le odiaba.

Entraba en el café... «Ahí está, ¡cómo me mira!, me odia, bien se conoce que me odia...»

Empezó con sus amigos a hablar mal del otro, les dijo que se odiaban, inventó mil mentirillas de ojeadas feroces, de gestos de desprecio; acabó por creerlas él mismo.

A todo esto, el vecino impasible acaso adivinaba lo que sucedía en el alma de Toribio, pero no lo daba a entender.

Un día llegó Toribio al café un poco alegrillo, y lo primero que vio fue a su vecino en la mesa de ellos, de Toribio y sus amigos.

«Ha ocupado nuestra mesa teniendo la suya vacía..., busca camorra... Pero aquí las mesas son del primero que llega. No importa, tiene la suya, ¿por qué no la ha ocupado?... No, pues yo voy y me siento en la nuestra. ¿Busca camorra?, que empiece él... ¡Está claro! Como lo que él quiere es que yo me siente junto a él, dirá algo...»

Se sentó en la misma mesa, frente al vecino odiado. Pidió café. Vino el mozo y fue a retirar la taza que estaba delante de Toribio.

—¿Qué? ¿La vas a llevar a la otra mesa? ¡No, déjala aquí!

Y miró a su vecino.

—No es eso, señorito —contestó el mozo—, es que esta taza está usada: en ella ha tomado café otro señor que ha estado con el señorito Rafael.

Se llamaba Rafael, ¡qué nombre tan antipático!

Toribio empezó a tomar su taza, le latía el pecho y no sabía lo que le pasaba. Concluyó el café y de un trago se bebió la copa de coñac. Pidió otra copa y luego otra, contra su costumbre. Le ardía la cara. Al fin se dirigió a su vecino y le dijo:

—¿Cómo ha venido usted hoy a esta mesa, teniendo la de usted vacía?

El vecino le miró serenamente y pensó: «Ya decía yo, este pobre muchacho está loco». No respondió nada.

—¿Por qué ha venido usted a esta mesa?

—¡Porque me ha dado la gana!

—¿No sabe usted que es la nuestra?

Rafael iba a contestar una crudeza, pero pensó: «Mejor será por lo blando, ¡pobre chico!».

—Sabe usted, cuando he llegado estaba aquí un conocido y me he sentado junto a él.

Era la verdad.

—Y cuando se ha ido el conocido, ¿por qué no ha dejado usted libre nuestra mesa?

Toribio pidió otra copa. Rafael le miró con inquietud, como se mira a un loco, y contestó:

—Porque deseaba estar con usted... ¡No beba usted tanto!

—Y a usted, ¿qué le importa?

Rafael pensó: «Lo más prudente será retirarse». Se levantó y dijo a Toribio:

—¡Cálmese usted!

Y salió.

Todo aquel día estuvo Toribio excitadísimo. ¡Ya se ve!, cuatro copas, en él que nunca tomaba más que una.

Aquella noche reflexionó y comprendió lo imbécil de su conducta. «Tengo que domarme.»

Al día siguiente entró al café. Allí estaba Rafael; esta vez en su mesa. Toribio se le dirigió. El otro pensó: «Otra vez el loco».

Le dio mil explicaciones, le pidió perdón, y acabó por convidarle. Desde entonces se hicieron muy amigos, casi íntimos. Toribio le hablaba de Campomanes.

Rafael era un alma de oro y de lo más simpático.

Cuando Toribio tuvo que volver a su pueblo sintió pena al despedirse de Rafael.

Llegó a su pueblo y lo primero que se echó a la cara fue a Campomanes. ¡Cosa más rara! No sintió por él ni miaja de odio; al contrario, casi simpatía. «Es un infeliz», pensó.

Desde entonces le dio no poco que pensar cómo se había derretido su odio a Campomanes en un fondo de piedad.

Un día paseaba con uno de sus amigos de Madrid cuando encontraron a Campomanes. Toribio se lo mostró y el otro le dijo:

—¿Sabes con quién lo encuentro parecido?

—¿Con quién?

—Con Rafael.

¡Y era verdad! No lo había notado hasta entonces. Es decir, sí lo había notado, pero sin darse cuenta de ello.

Entonces se explicó su odio a Rafael, y entonces se explicó por qué, reconciliado con Rafael, mató el odio que tenía a Campomanes. «Cosa más rara —se decía—, el demonio averigua la verdadera razón de nuestros odios y de nuestros amores... El hombre es el bicho más extraño.»

La verdad es que tiene el alma humana repliegues estrambóticos.

Y va de cuento

A Miguel, el héroe de mi cuento, habíanle pedido uno. ¿Héroe? ¡Héroe, sí! ¿Y por qué? —preguntará el lector—. Pues, primero, porque casi todos los protagonistas de los cuentos y de los poemas deben ser héroes, y ello por definición. ¿Por definición? ¡Sí! Y si no, veámoslo.

P.— ¿Qué es un héroe?

R.— Uno que da ocasión a que se pueda escribir sobre él un poema épico, un epinicio, un epitafio, un cuento, un epigrama, o siquiera una gacetilla o una mera frase.

Aquiles es héroe porque le hizo tal Homero, o quien fuese, al componer la *Ilíada*. Somos, pues, los escritores —¡oh noble sacerdocio!— los que para nuestro uso y satisfacción hacemos los héroes, y no habría egoísmo si no hubiese literatura. Esto de los héroes sagrados es una mandanga para consuelo de simples. ¡Ser héroe es ser *cantado*!

Y, además, era héroe el Miguel de mi cuento porque le habían pedido uno. Aquel a quien se le pida un cuento es, por el hecho mismo de pedírselo, un héroe, y el que se lo pide es otro héroe. Héroes los dos. Era, pues, héroe mi Miguel, a quien le pidió Emilio un cuento, y era héroe mi Emilio, que pidió el cuento a Miguel. Y así va avanzando este que escribo. Es decir,

burla burlando, van los dos delante.

Y mi héroe, delante de las blancas o agarbanzadas cuartillas, fijos en ellas los ojos, la cabeza entre las palmas de las manos y de codos sobre la mesilla de trabajo —y con esta descripción me parece que el lector estará viéndole mucho mejor que si viniese ilustrado esto—, se decía: «Y bien, ¿sobre qué escribo ahora yo el cuento que se me pide? ¡Ahí es nada, escribir un cuento quien, como yo, no es cuentista de profesión! Porque hay el novelista que escribe novelas, una, dos, tres o más al año, y el hombre que las escribe cuando ellas le vienen de suyo. ¡Y yo no soy un cuentista!...».

Y no, el Miguel de mi cuento no era un cuentista. Cuando por acaso los hacía, sacábalos, o de algo que, visto u oído, habíale herido la imaginación, o de lo más profundo de sus entrañas. Y esto de sacar cuentos de lo hondo de las entrañas, esto de convertir en literatura las más íntimas tormentas del espíritu, los más espirituales dolores de la mente, ¡oh, en cuanto a esto!... En cuanto a esto, han dicho tanto ya los poetas líricos de todos los tiempos y países, que nos queda muy poco por decir.

Y luego los cuentos de mi héroe tenían para el común de los lectores de cuentos —los cuales forman una clase especial dentro de la general de los lectores— un gravísimo inconveniente, cual es el de que en ellos no había argumento, lo que se llama argumento. Daba mucha más importancia a las perlas que no al hilo en que van ensartadas, y para el lector de cuentos lo importante es la *hilación*, así, con hache, de *hilo*, y no *ilación*, sin ella, como nos empeñamos en escribir los más o menos latinistas que hemos dado en la flor de pensar y enseñar que ese vocablo deriva de *infero, fers, intuli, illatum*. (No olviden ustedes que soy catedrático, y de yo serlo comen mis hijos, aunque alguna vez merienden de un cuento perdido.)

Y estoy a la mitad de otro cuarteto.

Para el héroe de mi cuento, el cuento no es sino un pretexto para observaciones más o menos ingeniosas, rasgos de fantasía, paradojas, etc., etc. Y esto, francamente, es rebajar la dignidad del cuento, que tiene un valor sustantivo —creo que se dice así— en sí y por sí mismo. Miguel no creía que lo importante era el interés de la narración y que el lector se fuese diciendo para sí mismo en cada momento de ella: «Y ahora, ¿qué vendrá?», o bien: «¿Y cómo acabará esto?». Sabía, además, que hay quien empieza una de esas novelas enormemente interesantes, va a ver en las últimas páginas el desenlace y ya no lee más. Por lo cual creía que una buena novela no debe tener desenlace, como no lo tiene, de ordinario, la vida. O debe tener dos o más, expuestos a dos o más columnas, y que el lector escoja entre ellos el que más le agrade. Lo que es soberanamente arbitrario. Y mi este Miguel era de lo más arbitrario que darse puede.

En un buen cuento, lo más importante son las situaciones y las transiciones. Sobre todo estas últimas. ¡Las transiciones, oh! Y respecto a aquellas, es lo que decía el famoso melodramaturgo d'Ennery: «En un drama (y quien dice drama dice cuento), lo más importante son las situaciones; componga usted una situación patética y emocionante, e importa poco lo que en ella digan los personajes, porque el público, cuando llora, no oye». ¡Qué profunda observación esta de que el público, cuando llora, no oye! Uno que había sido apuntador del gran actor Antonio Vico me decía que, representando este una vez *La muerte civil*, cuando entre dos sillas hacía que se moría, y las señoras le miraban con los gemelos para taparse con ellos las lágrimas y los caballeros hacían que se sonaban para enjugárselas, el gran Vico, entre hipíos estertóricos y en frases entrecortadas de agonía, estaba dando a él, al apuntador, unos encargos para contaduría. ¡Lo que tiene el saber hacer llorar!

Sí; el que en un cuento, como en un drama, sabe hacer llorar o reír puede en él decir lo que se le antoje. El público, cuando llora o cuando se ríe, no se entera. Y el héroe de mi cuento tenía la perniciosa y petulante manía de que el público —¡su público, claro está!— se enterase de lo que él escribía. ¡Habrase visto pretensión semejante!

Permítame el lector que interrumpa un momento el hilo de la narración de mi cuento, faltando al precepto literario de la impersonalidad del cuentista (véase la *Correspondance*, de Flaubert, en cualquiera de sus cinco volúmenes, *Œuvres complètes*, París, Louis Conard, libraire-éditeur, MDCCCCX), para protestar de esa pretensión ridícula del héroe de mi cuento de que su público se entere de lo que él escribía. ¿Es que no sabía que las más de las personas leen para no enterarse? ¡Harto tiene cada uno con sus propias penas y sus propios pesares y cavilaciones para que vengan metiéndole otros! Cuando yo, a la mañana, a la hora del chocolate, tomo el periódico del día, es para distraerme, para pasar un rato. Y sabido es el aforismo de aquel sabio granadino: «La cuestión es pasar el rato»; a lo que otro sabio, bilbaíno este, y que soy yo, añadió: «Pero sin adquirir compromisos serios». Y no hay modo menos comprometedor de pasar el rato que leer el periódico. Y si cojo una novela o un cuento no es para que de reflejo suscite mis hondas preocupaciones y mis penas, sino para que me distraiga de ellas. Y por eso no me entero de lo que leo, y hasta leo para no enterarme...

Pero el héroe de mi cuento era un petulante que quería escribir para que se enterasen, y, es natural, así no puede ser, no le resultaba cuanto escribía sino paradojas.

—¿Que qué es esto de una paradoja? ¡Ah!, yo no lo sé, pero tampoco lo saben los que hablan de ellas con cierto desdén, más o menos fingido; pero nos entendemos, y basta. Y precisamente el chiste de la paradoja, como el del humorismo, estriba en que apenas hay quien hable de ellos y sepa lo que son. La cuestión es pasar el rato, sí, pero sin adquirir compromisos serios; ¿y qué serio compromiso se adquiere tildando a algo de paradoja, sin saber lo que ella sea, o tachándolo de humorístico?

Yo, que, como el héroe de mi cuento, soy también héroe y catedrático de Griego, sé lo que etimológicamente quiere decir eso de paradoja: de la preposición *para*, que indica lateralidad, lo que va de lado o se desvía, y *doxa*, *opinión*, y sé que entre paradoja y herejía apenas hay diferencia; pero...

Pero ¿qué tiene que ver todo esto con el cuento? Volvamos, pues, a él.

Dejamos a nuestro héroe —empezando siéndolo mío y ya es tuyo, lector amigo, y mío; esto es, nuestro— de codos sobre la mesa, con los ojos fijos en las blancas cuartillas, etc. (véase la precedente descripción), y diciéndose: «Y bien, ¿sobre qué escribo yo ahora?...».

Esto de ponerse a escribir, no precisamente porque se haya encontrado asunto, sino para encontrarlo, es una de las necesidades más terribles a que se ven expuestos los escritores fabricantes de héroes, y héroes, por tanto, ellos mismos. Porque, ¿cuál, sino el de hacer héroes, el de cantarlos, es el supremo heroísmo? Como no sea que el héroe haga a su hacedor, opinión que mantengo muy brillante y profundamente en mi *Vida de don Quijote y Sancho, según Miguel de Cervantes Saavedra*, explicada y comentada; Madrid, librería de Fernando Fe, 1905 —y sirva esto, de paso, como anuncio—, obra en que sostengo fue don Quijote el que hizo a Cervantes y no este a aquel. ¿Y a mí quién me ha hecho, pues? En este caso, no cabe duda que el héroe de mi cuento. Sí, yo no soy sino una fantasía del héroe de mi cuento.

¿Seguimos? Por mí, lector amigo, hasta que usted quiera; pero me temo que esto se convierta en el cuento de nunca acabar. Y si es el de la vida... Aunque ¡no!, ¡no!, el de la vida se acaba.

Aquí sería buena ocasión, con este pretexto, de disertar sobre la brevedad de esta vida perecedera y la vanidad de sus dichas, lo cual daría a este cuento un cierto carácter moralizador que lo elevara sobre el nivel de esos otros cuentos vulgares que solo tiran a divertir. Porque el arte debe ser edificante. Voy, por tanto, a acabar con una

Moraleja.— Todo se acaba en este mundo miserable: hasta los cuentos y la paciencia de los lectores. No sé, pues, abusar.

Un caso de longevidad

Amigo lector: Habrás oído alguna vez decir, y, si no, lo oyes ahora, aquello de: «Es como Gómez Cid, que ganaba su sueldo después de muerto». Pues bien, voy a contarte el origen de este dicho decidero.

Don Anastasio Gómez Cid fue durante muchos años catedrático de Psicología, Lógica y Ética en el Instituto de Renada. Había sido condiscípulo de Aquiles Zurita, cuya melancólica historia y habilidad para conocer el pescado fresco sabemos todos los españoles gracias al inolvidable «Clarín».

Don Anastasio Gómez Cid tenía un tan fino sentimiento ingénito de la verdadera nobleza que huyó siempre, como de la acción de peor gusto, de distraer sobre sí la atención de sus conciudadanos. Sabía, no sabemos si gracias a su psicología, lógica y ética académicas, que la verdadera distinción consiste en no pretender distinguirse. Cumplía estrictamente su deber; pero sin jactancia ni ostentación algunas, y muy de tarde en tarde, de años a brevas, publicaba en *El Cronista*, de Renada, algún articulillo sobre antigüedades de la ciudad ilustre y siempre noble y fiel. Como en su ética enseñaba que el hombre debe cultivar asiduamente sus sentimientos de sociabilidad iba, para predicar con el ejemplo, todas las tardes al Centro de Ganaderos y Labradores a echar su partida de tute.

No pareció irle muy bien a don Anastasio en su vida privada, por lo menos a juicio de sus convecinos. Quedose viudo muy joven, y de una mujercita que le salió algo casquivana, y le dejó una hija paralítica y un hijo haragán de nacimiento.

Víctor, el hijo de don Anastasio, era de una asombrosa y fertilísima inteligencia para no trabajar. «Tú —solía decirle su padre— con tal de no trabajar eres capaz de pasar toda clase de trabajos.» A lo que contestaba el mozo: «Puede ser; pero es peor lo que te he oído decir muchas veces y es que hay quienes por adquirir honores pierden el honor». «Yo no sé, yo no sé —acababa siempre diciéndole el padre— lo que va a ser de vosotros dos cuando yo me muera; ella, la pobre Ángela, paralítica de cuerpo, y tú de alma...» «No tengas cuidado, padre, que ya me arreglaré yo para que no te mueras; siquiera por hacer honor a tu nombre.»

Pasaban los años, iba don Anastasio envejeciendo sin que nadie, ni él mismo, lo notara, pues parecía un hombre plantado en lo que se llama cierta edad, y Víctor, su hijo, sin haber querido seguir carrera alguna. No era más que miembro del comité del partido progresista, y cuando había elecciones, notabilísimo muñidor electoral y hombre de un ingenio fertilísimo para tales lides. Todos los que aspiraban a diputados por el distrito de Renada y todos los que lo habían sido le consideraban grandemente. Por su habilidad técnica electorera en primer lugar, y por su haraganería también, que admiraban sin reserva.

Un día el pobre don Anastasio sufrió un ataque de apoplejía que le tuvo a las puertas de la muerte. Salió de él, pero completamente incapaz, no ya para todo ejercicio, mas ni aún para explicar psicología, lógica y ética. «¿Lo ves? ¿Lo ves?», le decía balbuciendo y con lengua estropajosa a su hijo. «No, si no veo nada —le contestó Víctor—; le he dicho que no le dejaré morir mientras yo viva y cumpliré mi palabra. Es palabra de vocal del Comité progresista.»

En cuanto Víctor vio que su padre se quedaba inútil para todo trabajo y a la vez para su cátedra, le trasladó, con toda la familia, a una casita de campo de extramuros de Renada, donde tenían un pequeño jardín en que alguna vez se entretenía en cavar el haragán, ya que ese esfuerzo no lo reputara trabajo. La familia se componía de don Anastasio, su hija Ángela, la paralítica, Víctor y una criada de servicio con la que este andaba enredado en torpes tratos. Allí apenas entraba nadie, sino muy raras veces un médico, compañero progresista. A don Anastasio no le veían más que los de la casa. Pasábase casi todo el día en la cama, alelado excepto a las horas de sol, en que le bajaban un rato al jardincillo. Y al cabo de un año, ni esto.

Víctor se arregló, gracias a sus relaciones políticas, para que su padre cobrara todo el sueldo sin ganarlo. El procedimiento fue de una sencillez admirable, y consistió en incoar el expediente de jubilación del inválido don Anastasio y hacer luego que lo detuvieran, dándole carpetazo en el ministerio. Las nóminas las firmaba el mismo Víctor con el nombre de su padre —no a nombre de él, pues decían ser ilegal—, al principio tratando de imitar la letra, pero muy pronto sin tomarse este trabajo. Aunque para nuestro haragán electorero no era trabajo lo de ponerse a contrahacer letras ajenas. Cuando le preguntaban por la salud de su padre contestaba: «Mal, mal, cada vez peor; eso es incurable, pero va a durar mucho... mucho... mucho...».

Un día hizo llevar Víctor a su casita una buena provisión de madera. Le había dado por la carpintería. Proponíase construir muebles para su propio uso, que si fuese para ganarse la vida con ello no lo habría hecho. Y una noche se entretuvo en enterrar en un gran foso que cavó en un rincón del jardincillo una gran caja. Dentro de ella iba el cadáver de su padre, que se extinguió el día antes. No pudo su hijo, a pesar de sus buenos deseos, alargarle más la vida.

Con una habilidad tan grande como la que desplegaba en las luchas electorales, logró Víctor mantener oculta la muerte del psicólogo, lógico y ético oficial de Renada. Verdad es que los únicos que podían ser cómplices de la piadosa superchería eran una pobre paralítica, una criada de todo servicio con aspiraciones a ama legal de la casa, y el médico progresista compañero de corroblas de Víctor. Y este, cuando le preguntaban por su padre, respondía invariablemente: «Ahora está menos mal, no sufre; pero incurable del todo. ¡Y así va a durar mucho, pero mucho!». E invariablemente firmaba, con el nombre de su padre, la nómina.

Y duraba, duraba el pobre don Atanasio. Cumplió en el padrón municipal y en el escalafón de Institutos los noventa años, y su ya casi olvidado expediente de jubilación se había perdido real y definitivamente en el ministerio... Es lo que ocurre con lo que se deja dormir, y es que al fin se muere de veras.

Los convecinos del difunto don Atanasio, aunque casi tan difuntos como él, sorprendíanse de su longevidad, y cuando le hablaban de ella a su hijo, respondía este: «En rigor no vive ya hace años; existe. Lo único que hace es firmar». «¿Pero firma?», le preguntaban. Y él muy serio: «Sí, llevándole yo de la mano». Y cuando su amigote el médico progresista, sabedor del embuste, le manifestaba terrores de que se descubriese al cabo la superchería: «Quítate, hombre —le contestaba—; aquí no se descubre nada, y además, si fuese mi padre el único difunto que cobra... Y a mí, que he hecho votar a tantos difuntos para sacar adelante a los candidatos del gobierno, no tiene este derecho a privarme de mi difunto padre». Y llevaba razón.

Como el don Atanasio oficial, el del escalafón, se iba acercando a los cien años, los renadenses, y, sobre todo, los que habían sido discípulos del consecuente psicólogo, lógico y ético, se propusieron celebrar su centenario. Desfilarían ante el lecho del anciano, aunque este no se enterara de ello. Víctor lo aceptó. Pensaba hacer un muñeco, de rostro y manos de cera, darle el mayor parecido posible con su padre y tenderlo en la cama. Sería un golpe maestro de audacia y de habilidad, algo que coronaría su fama de diestrísimo agente político. Llegó a entusiasmarse con la idea. Y él mismo, así como construyera antaño la caja en que enterró a su padre, se puso a modelar en cera y a pintar luego el rostro y las manos de él. Para ahorrarse trabajo le supuso calvo del todo y afeitado, resolviendo así el problema del pelo, que podía haberle llevado a abrir los ojos de sus convecinos. Y conforme avanzaba en su trabajo, él, el haragán, se entusiasmaba con las aptitudes de retratista modelador, casi de escultor, que descubría en sí. «Tendré que dedicarme a la escultura si al fin tengo que dar a mi padre por muerto», pensó. Porque lo de la política no andaba ya muy bien.

Mas he aquí que cuando apenas faltaban cuatro meses para el día del centenario de don Anastasio y Víctor tenía terminada la efigie de la ceremonia, una pulmonía se llevó al piadoso hijo, fiel guardador de la memoria y de los sueldos de su padre. Y entonces, al saberse la superchería estalló primero una colectiva exclamación de admirativo asombro, celebraron todos la talentuda travesura y la genial osadía del gran Víctor Gómez, y dieron luego todos en decir que habían estado en el secreto y que no fueron engañados. Había un pobre mozo que aspiraba a la cátedra de don Atanasio y que también se creyó obligado a fingir que estuvo en el secreto, y cuando le argüían de cómo se callara, decía: «Era mi maestro y le debía respeto; le debía respeto aun más después de muerto... Por otra parte, aspiro yo también a llegar y si puedo a pasar de los cien años, y hoy por ti y mañana por mí». «Pero, ¿y si no tienes un hijo que te defienda así?...», le objetaban.

«¡Es verdad... es verdad!...»

En Renada produjo hondísima admiración el caso, pero en el ministerio no la produjo. El expediente de jubilación fue imposible hallarlo. Y ya, ¿para qué?

He aquí, amigo lector, el suceso que originó la frase desde entonces famosa en Renada, y que acaso haya llegado a tus oídos, de: «Es como Gómez Cid, que ganaba su sueldo después de muerto». Y si eres, lector, tan cándido que crees que este relato no solo no es verdadero, sino inverosímil, te digo que no sabes una jota de nuestras castizas costumbres administrativas.

Robleda, el actor

Aquel actor, Octavio Robleda, desconcertaba al público. No había podido aprendérselo. En cada nuevo papel se esperaba una sorpresa de su parte. «Llena la escena —había escrito un crítico—. Y, sin embargo, parece que está ausente de ella, que está fuera del teatro.» Veíasele —en efecto— profundamente absorto en los personajes que representaba y se adivinaba, sin embargo, que allí quedaba otro, que él, Octavio Robleda, representa entre tanto otra tragedia más profunda. Cuando hacía *La vida es sueño*, de Calderón, sentíase que la iba creando y que él, Octavio Robleda, soñaba a Segismundo.

Los autores gustaban poco de Octavio. Decían, y no les faltaba razón en ello, que sin quitar ni poner una palabra de lo que ellos, los autores, habían escrito, Octavio les cambiaba el personaje y le hacía ser otro que el por ellos concebido. Y que luego de creado un sujeto así, de escena, por Octavio, no había ningún otro actor que se atreviese a representarlo.

Porque Octavio hacía llorar con personajes que el autor concibió cómicos y hacía reír con los que concibió trágicos.

De su vida privada no se sabía casi nada. Vivía solo y solitario, sin amigos, y en las horas que no pasaba en el teatro era casi imposible el poderle ver. En sus temporadas de descanso, de vacaciones, íbase a una casita de un pueblecillo de sierra y se pasaba casi todo el día en un bosque, lejos de toda sociedad humana, estudiando las costumbres de los insectos. Y cuando le preguntaban por qué no estudiaba a los hombres, respondía: «¿Y para qué? No somos nosotros, los actores, los que imitamos y representamos sus gestos, sus acciones y sus palabras, sino que son ellos los que nos imitan. Es el teatro el que hace la vida. ¡Y estoy harto de teatro!».

—¿Y de vida por lo tanto? —le dije una vez que se lo oí.

—¡Y de vida, sí! —me respondió Octavio.

No sé cómo, pero llegamos a intimar, y aquel hombre tosco y huraño, insociable, llegó a confiarme parte del secreto de su vida. No lo esencial de él, pero si lo formal de ese secreto.

—Vivo torturado —me dijo— por el horror a la exhibición. Me molesta ser el blanco de las miradas de tanta gente y quisiera poder hacerme invisible, hundirme bajo la tierra. Mi mayor preocupación cuando salgo a escena es que el público me vea a mí, a Octavio Robleda, que sepan que estoy allí yo y por eso pongo tanto cuidado en caracterizarme de modo que mi propia personalidad se borre.

—Y por eso —le dije—, por ese empeño se le ve

siempre a usted. Ahora me explico lo que le ocurre al público con usted y esa indefinible sensación de desasosiego y de desconcierto que usted provoca en él. Y es que sentimos bajo la tragedia que usted representa la otra tragedia...

—Que también represento... —me interrumpió con tristeza.

—La tragedia de una personalidad que quiere borrarse, anularse, y no lo consigue.

—No —exclamó—, no es que quiera anularme; es que no quiero darme en espectáculo; es que no quiero que me vean; es que no quiero que sepan que yo, que Octavio Robleda está allí; es que me quiero para mí y nada más que para mí. Y cuando voy por la calle sufro, sufro lo indecible. Quisiera pasar inadvertido, que no sepan que soy yo. Cada vez que se me quedan mirando, que miran a Octavio, al actor favorito, sufro. Ya desde pequeñito, desde niño, me producía una gran intranquilidad el que los demás repararan en mi presencia. Habría querido ser invisible.

—¡Y, sin embargo, escogió usted esa profesión, la de exhibirse!

—Primero, no la escogí. Fue el azar de la suerte. Soy hijo de actores; puedo decir que nací en el teatro y en él me crie. Y luego si la acepté fue precisamente buscando borrarme, desaparecer en los personajes que representara y que nadie me viera ni me mirara sino a ellos. Habría querido no tener nombre ni estado civil y que el público no supiese quién era el que hacía el papel...

—¡Ahora me explico el aire de suprema angustia

con que sale usted a saludar al público cuando le aclama!

—Sí; me molestan los aplausos porque son a mí. Que aplaudan a Hamlet, o a Segismundo, o a don Juan, o a Juan Gabriel, o a don Álvaro, ¿pero a mí? ¿Para qué me hacen salir a saludarles? ¿Por qué no me dejan en paz? Si yo he querido morirme en esas criaturas de ficción, sepultarme en ellas, ocultarme, ¿por qué me buscan? ¿Por qué buscan a Octavio Robleda? Y mi nativa timidez padece. Porque yo sé cómo debe presentarse Hamlet, o Segismundo, o don Juan, o don Álvaro, que son hombres de exhibición, de espectáculo, de representación, ¿pero yo? Yo no sé cómo presentarme. Y tiemblo siempre de hacer el ridículo. Nada me repugna más que el histrión. ¡Que me dejen solo!

—Es extraño... —murmuré.

—¡Odio el teatro!; le odio con toda el alma. Me he refugiado en el teatro del arte, en el tablado de la escena, huyendo del otro teatro, del más grande. En cualquier otra profesión que hubiese adoptado, a no ser pastor de la sierra o cartujo, habría tenido un público que acudiese a mí, a Octavio Robleda, y creí que en esta de actor lograría escapar a las miradas de las gentes. ¡Quise poner a Hamlet, a Segismundo, a don Álvaro, a tantos otros entre las gentes, entre el mundo y yo, cubrirme y encubrirme con ellos y no lo consigo! ¿Qué les importo yo? ¿Qué me importo yo a mí mismo?

—¡Por eso le culpan a usted de soberbio!

—¿Soberbio? ¿Soberbio yo? Toda mi aparente soberbia no es más que un broquel para ocultar mi timidez, mi nativa e incurable timidez. Por timidez me aventuro a las tablas. Es el horror a que se me vea, a que reparen en mí, a que me miren a la mirada y me roben así el secreto de mi soledad, es eso lo que me hace meterme en los personajes que represento. ¡Y no me sirve, siempre están buscando a Octavio Robleda! ¡Siempre van a ver a Octavio Robleda! Y yo no quiero que me vean, yo no quiero que me miren; no quiero que sepan que existo. Si es que existo...

Dijo esto último con un tono que me infundió frío en el tuétano de los huesos. Y empecé a columbrar el fondo del secreto de la soledad de Octavio Robleda.

Una tragedia

¿Recordáis los que hayáis leído las Memorias de Goethe, aquel profesor Plessing de que nos habla el autor del *Werther*? Fue un joven misántropo y preocupado que quiso ponerse en relaciones con él, que le dirigió como a un director laico de conciencia, unas largas cartas a que aquel no respondió, que se quejaba de esto y que al fin se puso al habla con él sin lograr interesarle en sus fantásticas cuitas. Pues vamos a contaros una historia algo parecida a la de Plessing, pero que acaba en tragedia.

Era un escritor, llamémosle Ibarrondo, que ejercía grande influencia sobre su pueblo con sus escritos y a quien oían con atención, y algunos con recogimiento, muchos de los jóvenes de su país y aun de otros países. Y eran no pocos los que se imaginaban que Ibarrondo estaba para atender privadamente a lo que ellos le preguntaran y a que les dijese —por carta, y a su nombre— lo que estaba diciendo arreo al público todo. Hasta hubo quien le preguntó qué es lo que debía leer, sin más que este indicio: «Soy un joven de 18 años hambriento de cultura». Y lo que más le atosigaba a Ibarrondo era la gran porción de locos, chiflados, ensimismados y hasta mentecatos que le iban con sus locuras, chifladuras, ensimismaduras y mentecatadas.

Era un joven, llamémosle Pérez, de esos que creen ingenuamente que se les ha ocurrido lo que habían leído, que toman por ideas originales las reminiscencias de lecturas y que se imaginan que van a romper moldes viejos cuando se disponen a hacerlo con otros más viejos todavía.

Pérez, que leía a Ibarrondo, le escribió unas largas cartas inflamadas y entusiastas llenas de todos los lugares comunes —¡y tan comunes!— que de ordinario suele escribirse a los 18 años. Ibarrondo, creyendo así quitárselo de encima, le contestó en una carta defensiva. Pérez arreció en su persecución, mas al cabo desistió de ella.

Pasaron unos cinco o seis años cuando he aquí que Ibarrondo se encuentra con el original manuscrito de una obra de Pérez y con la pretensión de que este le ponga un prólogo. Ibarrondo, después de hojearla y leer acá y allá algunos pasajes, se la devolvió diciéndole que sus ocupaciones no le permitían escribir el pedido prólogo. Y he aquí que a los pocos días de esto se le presenta el propio Pérez en persona, con su manuscrito en la mano, a saber por qué se le rehusaba el prólogo.

—No importa —dijo Pérez— que usted, señor Ibarrondo, rebata mis doctrinas...

—¿Qué doctrinas, señor Pérez?

—Las de mi libro. Me es igual. Aprobativo o vituperativo, su prólogo hará correr mi obra, el público la juzgará y usted habrá hecho un servicio al público y no a mí.

. —Pero es el caso, señor Pérez, que yo no puedo ni aprobar ni desaprobar sus doctrinas y no puedo hacerlo porque no las conozco. O mejor, porque sé que esas que usted llama sus doctrinas ni son de usted ni apenas son doctrinas. He hojeado su libro, he leído acá y allá pasajes de él y he visto que no hace usted sino repetir lo que todo el mundo dice, y lo que es peor, como lo dice todo el mundo. Ni una expresión, ni un grito, ni una metáfora, ni un acento personal. Y cuando cree usted ir contra la corriente general es cuando más ramplonerías escribe, pues se hace usted eco de la contracorriente también general. La heterodoxia de usted es tan vulgar como la ortodoxia a que combate. Porque usted reconocerá conmigo que hay un ateísmo y un anarquismo tan vulgares y ramplones, tan poco originales, tan rebañegos, como el ateísmo y el anarquismo oficiales.

El pobre Pérez quiso defenderse y aun atacar, pero entonces creyó Ibarrondo que con unas fuertes duchas podría curar a aquel desgraciado y reducirle a que se dedicase a cualquier otra actividad que no fuese la de escribir para el público, y emprendió la tarea de convencerle de que todo lo que contenía aquel manuscrito no era más que el eco de sobadísimos lugares comunes de contracorriente.

—Si aun hubiera aquí disparates, amigo Pérez: disparates graciosos... ¡Pero ni eso!

Sorprendiole a Ibarrondo la facilidad con que

parecía dejarse convencer Pérez y le alarmó la actitud de abatimiento que tomó. Parecía que dentro de él se agitaba una terrible conmoción. Estaba pálido; no hablaba.

—Vamos, amigo Pérez —le dijo—, no se amilane así. En este mundo hay muy otros oficios que el de escritor público y tan honrosos, si es que no más, que él. Déjese de escribir y dedíquese a otra cosa.

—¿Y a qué, señor Ibarrondo? En otra cosa será igual. Si usted me hubiera escrito el prólogo, yo habría lanzado el libro y me habría importado poco que me dijeran de él lo que usted me ha dicho. No lo habría creído. Habríalo atribuido a la envidia; habría luchado. Pero usted, convenciéndome, me ha matado. ¡Sí, me ha matado!

—¿Convenciéndole, de qué?

—De que soy un pobre mentecato.

Y Pérez se echó a llorar. Quiso Ibarrondo consolarle y no pudo. Hasta le prometió el prólogo. Fue en vano.

Días después Pérez se pegaba un tiro, después de escribir a Ibarrondo una carta en que le decía que le había puesto ante los ojos un espejo en que vio su inutilidad. Ibarrondo se aquietó pensando que los suicidas lo son de nacimiento.

La carta del difunto

I

Jorge y Juana se querían mucho y se querían desde muy niños. Yo no me precio de saber describir el amor y así me bastará decir al lector de este verosímil cuento que se querían Jorge y Juana tanto y tan bien como se quieren un joven y una joven rayanos en los veinte años, cuando bien se quieren.

Era Juana una muchacha sencilla y natural, positivamente idealista, que se levantaba a las seis, tomaba chocolate, iba a misa, volvía de misa, hacía la cama y se ponía a trabajar. Leía el *Año Cristiano* y creía a pies juntillas todo cuanto enseña y cree nuestra santa madre la Iglesia católica, apostólica y romana, aunque es lo cierto que ella ignoraba la mitad de lo que enseña, y creía también otras muchas cosas que nuestra santa madre la Iglesia católica, apostólica y romana no enseña, como son que de los matrimonios entre parientes nacen hijos sordos, que los judíos son feos y tantas otras cosas más. Tenía sus puntas y ribetes de idealismo y sus trencillas de misticismo bordando un fondo positivista a carta cabal. Rezaba mucho y dormía más, creía querer a Dios sobre todas las cosas y al novio como a sí misma y quería en realidad a sí misma sobre todas las cosas y a su novio como a Dios.

Basta de datos psicológicos, que con los que preceden tendrá bastante todo lector de buena voluntad.

Jorge era otro que tal, genio alegre y sombrío, fantástico y franco, idealista y práctico, que vivía en prosa y soñaba en verso. Cuando el sol más vigoroso cosquilleaba a la madre Tierra, se estaba él metidito en su casa pasándose el tiempo; y cuando la lluvia más torrencial inundaba los campos, recorría a pie y solo los montes envuelto en su ancho impermeable. Todo lector discreto conoce ya a mi Jorge.

Jorge y Juana se querían mucho y porque sí.

Aseguro a mis lectoras, si alguna tiene este cuento, que se querían tanto por lo menos como cada una de ellas quiere a su novio.

Jorge enfermó del pecho y el médico anunció la tempestad en cuanto vio los relámpagos y oyó los truenos. Jorge se moría como si tal cosa.

Días antes de su muerte tuvo la extraña ocurrencia, a despecho de su familia y contra sus consejos, de pasarse escribiendo las horas muertas, y escribió más que ciento veintitrés escribanos en cuatro años. Y se murió sin que su muerte tuviera nada diferente de las demás muertes.

II

Cuando Juana supo la muerte de Jorge creyó que se moría también, pero no murió: «la tenía el Señor reservada para nuevos destinos». No murió, pero sí pasó en la cama unos días en los brazos ardientes de la fiebre. El doctor Tiempo la curó admirablemente sin emplastos ni potingues.

Juana sanó y fue poquito a poco recobrando sus colores.

...

Quieren decir estos puntos suspensivos que han pasado ya dos años. Juana tiene un nuevo novio, Emilio. Juana y Emilio se querían mucho, se querían tanto como se habían querido Jorge y Juana. Jorge quiso a Juana y fue por ella amado, y esta quería ahora a Emilio, que la quería. Este argumento se llama *sorites*.

Pero Emilio no murió, ni Juana tampoco; Jorge ya estaba muerto.

Pidió Emilio a la familia de Juana la mano de esta, y de común acuerdo se concertó la boda para el día 5 de junio del año de 1...

Llegó el 5 de junio jadeante, pisando los talones al 4. La víspera de la boda, es decir, el 4, Juana se hartó de rezar y en el hermoso horizonte de sus venideros goces veía de tiempo en tiempo la sombra negra de sus memorias viejas. ¡Pobre Jorge!, murmuraba, y era la verdad, ¡pobrecillo! Les casó el cura en la iglesia y se fueron con los parientes y convidados, que solo deseaban zambullir a la salud de los novios, como si la felicidad futura (como quien dice lo absoluto relativo) de estos consistiera en la panza de sus parientes y allegados.

III

Llegaban a los postres cuando llegó como postre una carta para Juana. La que fue novia de Jorge y era mujer ya de Emilio se sobrecogió de espanto y quedó lívida. Los rasgos de la letra de aquel sobre eran los rasgos de la letra del difunto, aquellos palos de las eles, las haches y las ges, sus palos; aquellos puntos de las íes, sus puntos.

Todo el cuerpo le sacudió y se le fue la cabeza creyendo ver la huesosa mano del difunto que trazaba aquellos renglones. Volvió en sí y más muerta que viva rompió el sobre. Los convidados esperaban como palominos atontados el fin del suceso, pero sin dejar de comer.

Y leyó Juana esta carta:

Desde la tumba, 4 de junio de 1...

Cuando leas esta carta creerás ver la mano descarnada y huesosa de mi cadáver trazando sus muertas líneas. ¡Dales vida con tu mirada! ¡Quién lo hubiera dicho! Yo me morí y tú vives, yo te quise y tú quieres, no a la sombra de tu Jorge, sino a otro... no sé a quién. ¿Conque te casas? Haces bien, y que sea enhorabuena. Pero te escribo no para reprocharte, ni para burlarme de ti, ni para pedir tus oraciones, sino para aconsejarte. Si llegas a ser feliz, como espero, piensa que conmigo lo hubieras sido más; si alguna vez tu marido te falta, piensa que yo no te hubiera faltado, y si le faltas tú y lo comprendes y te arrepientes, piensa y cree que a mí no me hubieras faltado y piensa siempre en mí para compararme con tu marido.

Aunque nazca alguno de tus hijos, si es que los tienes, el día de San Jorge, no le pongas por nombre el mío, renuncio a la parte (espiritual, se entiende) que en el angelito pueda yo tener.

No reces por mí, estoy bien y nada deseo; otros, vivos, habrá que necesiten más de tus oraciones.

Cuando algo te eche en cara tu marido, replícale: ¡Ay, Fulano, otra cosa hubiera sido mi Jorge! Verás cómo le escuece.

Piensa también a menudo que como mueren los amantes pueden morir los maridos. Por lo demás, mis consejos en otras menudencias nada tienen de nuevo: lee la *Higiene del matrimonio*, el *Arte de ser buenos y felices*, el *Arte de hacer maridos*, el de cocina, la *Guía de los casados* y la *Imitación de Cristo* y asiste de cuando en cuando al oficio de difuntos.

Cuando te halles en las horas de mayor deleite, no olvides que duerme lleno de frío y con la cabeza de hueso apoyada en almohada de piedra, solo y en un nicho estrecho, húmedo y oscuro, sin sentir el cosquilleo de los gusanos, tu

JORGE

Juana inclinó la cabeza sobre el pecho, perdió la color y cayó desplomada al suelo presa de un terror pánico, estrujando en sus manos convulsas la carta maldita. Los convidados la acostaron, se fueron a sus casas cariacontecidos, aunque no sin haber llenado antes sus bolsillos de yemas, bizcochos, hojaldres y otras golosinas.

IV

Juana pasó los veinte primeros días de recién casada horribles; en el delirio de la fiebre veía ante su cama la imagen viva de Jorge el muerto, y a veces daba un grito y quería saltar de la cama viendo en ella el esqueleto blanco y helado de su antiguo novio. No prosigo en esto porque no trato de hacer un cuento terrorífico.

Sanó del accidente, pero es lo cierto que toda la vida vivió presa de horribles pesadillas y de manías tristes. Ni la solicitud de su marido, ni las mil diversiones que la procuraba daban juego. A las noches en el silencio solemne daba a las veces un grito agudo y se abrazaba a su marido diciéndole:

—¡Emilio! ¡Emilio! ¡Guárdame! Mírale cómo se ríe.

No podía ver ni pintados la *Higiene del matrimonio*, el *Arte de ser buenos y felices*, el de hacer maridos y el de cocina, la *Guía del matrimonio* y la *Imitación de Cristo*. Le parecían libros escritos por el mismísimo demonio, siendo así que son lecturas sanas y alguna de ellas insuperable.

V

Jorge había tenido un solo amigo, Perico, con quien hablaba, paseaba, reía y lloraba.

Dos días antes de morir le llamó y, entregándole una carta, le dijo:

—Júrame cumplir lo que te encargo.

Perico juró.

—Toma esta carta abierta; si algún día sabes que Juana se casa, ábrela, llena los huecos de la fecha poniendo el día y el año de la víspera de la boda y ese mismo día echa al correo la carta, pero sin mirar antes ni una jota de su contenido.

Perico juró cumplirlo y lo cumplió tan fielmente como suele un buen amigo y debe un buen cristiano.

Un cuentecillo sin argumento

Escribir un cuento con argumento no es cosa difícil, lo hace cualquiera, un jarro sin asa, según dicen; la cuestión es escribirlo sin argumento. La vida humana tampoco tiene argumento, ¿quién sabe lo que será mañana? Las cosas vienen sin que sepamos cómo y se van del mismo modo.

—¿Qué quieres? —preguntó la mujer a su marido.

—¿Que qué quiero? ¿Lo sé yo acaso...?

La mujer hizo un gesto de resignación y dejó escapar una lágrima. Indudablemente no estaba en su sano juicio el hombre que así hablaba y sí lo estaba la mujer que así lloraba.

—Pero, hijo, la cosa no es para ponerse así.

Llamaba hijo a su marido, y esto no era una pura metáfora, hay de todo en la viña del Señor. Era la mujer que así hablaba una mujer joven y hermosa, de carne y hueso, no de alabastro, coral, marfil y todos esos materiales de que suelen ser las mujeres de los libros (de los libros cursis). Su marido era más de hueso que de carne.

—Josefa, yo me voy a volver loco si esto sigue así.

—No digas esas cosas, hombre, confía en Dios.

—En Dios que no abandona a los pajarillos aunque estos se mueran de frío cuando hay helada...

—No digas esas cosas que Dios puede castigarnos.

—Por ti ha apartado hasta hoy la diestra de sobre nuestras cabezas, por ti que le quieres tanto y a quien Él tanto quiere se ha limitado hasta hoy con dejarnos en la miseria.

—¡Calla, calla! Yo confío en Él.

Así pasó un día y detrás de este pasó otro, en los cuales días no vino el cuervo de Eliseo a visitar al matrimonio de mi cuento en su tribulación.

—¡Pan, papá, pan!

Érase un chiquillo enteco, flacucho, negro, los ojos en aureola de azul y amarillo, brillante y sudorosa la nariz, entreabierta la boca, engendrado en el seno de la miseria con vislumbres de vicio y oliendo a estercolero en putrefacción.

—Pan, papá, pan, ¡yo quiero pan!

—Y yo también.

No le dio una piedra, pero tampoco le dio pan. Nadie da lo que no tiene. La pobre madre, en cambio, más tierna y más madre que el papá, se abalanzó al colchón, inclinó sobre la fea cabecita de su hijo la suya ajada y le dio un beso.

—¡Pan, mamá, pan!

La madre le cubrió de besos y de lágrimas. Es indudable que los besos animan, pero no nutren.

—¡Pan, mamita, pan!

—¡Ahora, hijo mío, ahora, han ido a buscarlo!

—¿Quién?

—Un ángel.

—¿Adónde?

—Al cielo.

—¡Que venga, que me traiga pan! ¡Tengo hambre!

El padre se dejó caer en una silla desvencijada y empezó a desbarrar. Se han visto muchos casos de hombres que en situación análoga se han vuelto locos.

El angelito que había ido a por pan al cielo no bajó.

El hombre miró de extraño modo a su mujer y pareció recrearse en aquella hermosura ajada. Se adelantó, la tomó de un brazo y mirándola fijamente:

—¡Tú! ¡No, no puede ser... no debe ser...!

Se levantó, cogió un raído sombrero y se preparó a salir.

—¡Ah, no, no vayas!, ¿adónde vas?

—A buscar qué comer.

La pobre mujer rompió en llanto, ¿qué iba a hacer?

—No olvides a tu hijo —le gritó mientras salía.

Así pasaron los largos minutos de dos horas, lentos y monótonos, llenos de sombra y frío.

El hombre volvió trayendo dos tortas.

—Esta para mí y esta para vosotros, que, como más débiles, necesitáis menos.

¡Oh!, la lógica, ¡para cuánto sirve la lógica!

—No —exclamó la mujer—; esta para ti y esta otra para mi hijo..., tu hijo..., yo no tengo apetito, por hoy pasaré sin nada.

¡Oh!, el amor, ¡para cuánto sirve el amor! ¡Tú haces que en los días de hambre pierda el apetito quien se alimenta de tu sagrado fuego! Basta de lirismo.

El padre devoró su torta y el hijo la suya. Los pequeños dientecitos se clavaban en aquella miserable torta que ya con los ojos había devorado antes. Estaba riquísima, muy rica.

—¿Dudarás ahora de la providencia? —preguntó la mujer.

—Ni de mi maña tampoco.

—Dios no abandona a quien confía en Él.

El hombre se reía con la risa estúpida del hambre satisfecha.

El niño empezó a llorar y retorcerse, se quejaba de horribles dolores de tripas, la boca le espumeaba y la sangre se le retiraba.

—¡Pobre hijo mío! Eso no es nada..., la falta de costumbre..., el atracón.

El padre se llevó las manos a la barriga, eran atroces sus dolores.

—Yo me muero, me muero...

Y acurrucado en un rincón, con los ojos inyectados en sangre, se oprimía el vientre contra las piernas. El niño se retorcía en ansias locas, y la madre serena, tranquila, helada como un carámbano, miraba impasible aquella escena de dolor.

Las contorsiones del niño fueron cesando, cerró los ojos, recogió sus delgadas piernecitas, entreabrió la boca, lanzó un suspiro gutural y se quedó dormido en la noche eterna. El pobre padre se fue acurrucando, recogió su cabeza entre las piernas como el polluelo entre las alas cuando la noche llega y cayó redondo al suelo. Es natural que un hombre al morir pierda con la vida el equilibrio. La madre medio comprendió, miró al cielo nublado por una claraboya, se unieron en estrecho abrazo el hambre y la angustia y estrujaron en medio al corazón de la pobre, que, dando media vuelta, cayó al suelo como cae un fardo. Después solo se oía una lenta y fatigosa respiración, ni esta respiración lenta se oyó luego.

Más tarde entró una señora, de las Conferencias de San Vicente de Paúl, representante allí de la caridad humana.

El médico reconoció los cadáveres; dos de ellos habían muerto envenenados.

Para que no resulte más horrible el cuadro, diré que las tortas robadas fueron preparadas para matar animales dañinos.

Austral Cuentos ofrece al lector breves antologías de relatos de los mejores escritores de todos los tiempos.

AUTORES DE LA SERIE UNIVERSAL

Antón Chéjov

Joseph Conrad

Fiódor M. Dostoievski

F. Scott Fitzgerald

E. T. A. Hoffmann

Franz Kafka

Jack London

H. P. Lovecraft

Katherine Mansfield

Carson McCullers

Bram Stoker

Oscar Wilde

Virginia Woolf

Stefan Zweig

AUTORES DE LA SERIE ESPAÑOLES Y LATINOAMERICANOS

Rosa Chacel

María Teresa León

Ana María Matute

Emilia Pardo Bazán

Miguel de Unamuno

Ramón del Valle-Inclán

Mario Vargas Llosa

AUSTRAL

www.australeditorial.com

www.planetadelibros.com